도로나 이별 사무실

이 도서의 국립중앙도서관 출판예정도서목록(CIP)은 서지정보유통지원시스템 홈페이지(http://seoji. nl.go.kr)와 국가자료공동목록시스템(http://www.nl.go.kr/kolisnet)에서 이용하실 수 있습니다. (CIP 제어번호: CIP2020046196)

도로나 이별 사무실

손현주

장편소설

은행나무

차례

죽어서 이별하고 감정이 식어서 이별하고
지루해서 이별하고 돈 없어서 이별하고
세상에 많은 이별, 도로나 이별에서 대신 해드립니다.

1

의뢰인 닥터 황의 첫인상은 수더분했다. 흰 가운을 입은 그는 응급실에서 꼬박 밤을 새운 듯 보였다. 조명이 흰 가운에 반사된 탓인지 얼굴빛이 환자처럼 창백했다. 그의 눈은 응급실에서 날을 새운 사람답게 붉은 실핏줄이 살짝 보였다. 그러나 앞머리가 반쯤 덮인 얼굴이 어딘가 귀티가 흘렀다. 그는 레지던트 2년 차 황석원, 나의 첫 고객이자 의뢰인이다.

"또 바뀌셨네요."

그의 입에서 나온 첫마디였다.

"아, 전에 그분 그만두셨어요."

그는 전임 이별 매니저를 찾았다. 나는 얼른 지갑에서 명함을 한 장 꺼내 건넸다.

"이가을이라고 합니다. 작년에도 이용하신 기록이 있더라고요."

그는 내 말에 잠시 당황한 기색이었다. 이건 내 말실수다. 이 남자가 바람둥이라는 오해를 불러일으킬 수 있는 대목이다. 회사로 보면 단골이지만 이 남자에게는 중요하지 않다. 그의 눈빛이 예사롭지 않아 나는 최대한 입꼬리를 올리며 재빨리 화제를 바꿨다.

"일단 제게 상대방에 대한 정보를 주시고 추억이 깃든 물건들도 함께 주세요."

그의 눈치를 살피며 회사 매뉴얼에 따라 말했다. 그는 조금 전보다 눈빛이 안정되어 보였다. 그의 눈빛을 보고 다시 용기를 내 물었다.

"혹시 그분과 헤어져야 하는 이유를 알아도 될까요?"

이번에는 이별 매니저가 묻지 않아도 되는 말을 오지랖 넓게 하고 말았다.

"꼭 이유를 알아야 하나요?"

그는 느린 말투로 불쾌하다는 의사 표시를 했다.

"아무 탈 없이 헤어지려면 매니저가 이 정도는 알아야 의뢰인께 도움이 되거든요."

"큰 문제는 아니에요. 좀 쉬고 싶어서요. 주말에 낮잠도 자고 싶고 주중엔 병원 일에 더 몰두하고 싶거든요."

"쉬고 싶으시다고요?"

나는 그의 시시한 답변에 맥이 풀렸다.

"솔직히 지금은 다 귀찮아요. 처음엔 없던 규칙들이 점점 늘어나는 게 뭔가 옭아매는 느낌이거든요. 그게 피곤해요. 우리같이 긴장도가 높은 직업을 가진 사람들에게는 고문이죠. 이제 다시 잃어버린 제 주말을 찾고 싶어요."

그는 냉소적인 표정으로 예상을 깨는 답변을 했다. 이별의 이유가 고작 잠을 몇 시간 더 자고 싶다는 소소한 이유라는 것이 신선하기까지 했다. 여자에게 싫증난 게 아니라 혼자만의 시간이 필요하다는 말, 둘 사이 이별 경보가 울렸다. 이 근사한 말은 이별의 포장 같다. 아무리 경쟁 사회라고 하지만 연애조차 할 수 없는 사회라니 씁쓸하다.

"그럴 수도 있겠네요."

의뢰인의 심정에 동조하듯 어깨를 살짝 들어 맞장구를 쳤다.

"그 친구에게 이런 말 하면 미친놈 소리 들어요. 사실 늘 병원은 인턴 수가 부족해 문제예요. 한 달 동안 거의 밤샘하다가 화장실 가서 쪽잠을 자기도 하고 없던 몽유병까지 생겨 병원 로비에서 깨어 있기도 했어요. 가끔 짬을 내서 여자친구를 만나기도 하지만 마음은 늘 병원에 묶여 있기 일쑤죠. 그래서 연애도 오래 하기 어려워요."

그는 꽤 현실적 고민을 하고 있었다. 나는 그의 간절함에 부응하듯이 웃으며 대답했다.

"저희 도로나가 책임지고 잃어버렸던 시간을 찾아드릴 겁니다."

"정말로 매니저님이 해결해주실 거죠?"

그와 대화를 나누다 보니 병원이란 곳은 연애조차 할 수 없는 냉혹한 현장이라는 생각이 들었다. 그래도 한편으로 의구심이 들기도 했다. 진짜 원인이 정말 만성 피로일까? 혹시 그는 양다리를 걸치고 있는 것이 아닐까. 자신의 필요충분조건을 채우는 기간제 연애를 원하는 인간형? 온갖 상상이 난무했다. 그는 불과 6개월 전에도 이런 이유를 늘어놓았을 것 같다. 연애의 피곤함은 목적이 사라졌을 때 생긴다. 이별의 징후는 사랑받지 못할 때 나타난다. 그러므로 이 남자의 사랑은 식었다. 텐션 없는 연애의 끝자락이 분명 이 남자를 피곤하게 했을 거라는 감이 왔다.

"레지던트 생활이 가장 힘들다던데 차라리 결혼하시지 그래요."

"결혼요? 그 무거운 걸 왜 해요."

쓸데없는 질문을 던져 이 남자를 한번 휘저어봤다. 그는 이제 판타지의 시간을 끝내고 현실로 돌아온 사람같이 냉랭하고 이성적이다.

"그럼 그분에 대한 신상정보와 보내실 물건이 준비되면 다시 연락주세요."

나는 그에게 인사를 하며 수련의 방을 나왔다.

내 직업은 이별 매니저다. 입사한 지 한 달째다.

한 달 전 나는 연남동에 있는 도로나 이별 사무실에 면접을 보러 갔다. 그동안 변변한 직업을 갖지 못하고 오락가락 취준 생활로 5년이란 시간을 버렸다. 어쩌면 그 5년을 체 게바라의 정신으로 버티고 있었는지 모른다. 그러는 사이 생기 넘치는 이십대가 끝나버렸고 인기 있는 직장이나 높은 연봉이 보장되는 대기업은 닿을 수 없는 나라가 되고 말았다. 면접에 오라는 통보에도 심장은 두근거리지 않았다.

더 솔직히 말하면 날 움직였던 건 엄마의 건강이었다. 요즘 백 세 시대라고 하지만 엄마는 건강하지 못했다. 얼마 전부터 음식을 가려 먹어야 하는 위무력증으로 고생하고 있었다. 그런 엄마의 몸이 점점 야위어가는 모습을 보며 나는 마음이 몹시 불안했다. 서른 살이 되도록 나는 미혼모 엄마와 오롯이 단둘이 의지하며 살았다. 그 탓인지 아직 경제적으로 완전한 독립을 하지 못한 게 엄마에게 미안했다.

도로나 이별 사무실은 연남동에서도 데이트장소로 인기가 많은 골목에 있었다. 껄끄러운 감정의 해소를 대행해주는 사무실이 이렇게 연인들이 걷기 좋은 곳에 있다는 것이 이상했다. 골목 입구부터 화보 감성이 물씬 피어났다. 나는 뭔가 홀린 듯 뒷골목으로 들어섰다. 골목 안은 가정집과 음식점들이 촘촘히 줄지어 있었고 애주가들이 좋아할 만한 장소도 많았다. 내가 찾은 주소는 골목 끝 낡은 오피스텔 건물이었다. 분명 연남동이 맞는데 연남동답지 않은 노후된 오피스텔 건물이 날 실망케 했다.

햇빛이 눈부신 탓인지 오피스텔의 벗겨진 칠이 더 도드라졌다. 나는 한참을 오피스텔 건물 위를 올려다보았다. 알 수 없는 슬픔이 밀려왔다. 그러나 포기할 수 없는 게 일이었다.

나는 어느새 도로나 이별이라는 상호 앞에 서 있었다. 도로나란 단어가 머릿속을 어수선하게 돌아다녔다. 내 귀에 꽂힌 이어폰에서 비틀스의 〈Hello, Goodbye〉가 흘러나왔다. 어두침침한 복도를 지나오며 솔직히 도망가고 싶었다. 내가 그리던 회사의 모습이 영 아니었다. 아무리 바닥을 긴다고 하지만 이런 회사에 오려고 지금까지 버텼던 것은 아니다. 귀에서 이어폰을 빼고 사무실로 들어가야 하나 말아야 하나를 고민했다. 생각과 행동이 따로 놀았다. 내 손은 이미 가방에서 거울을 꺼내 아이라인이 번졌는지 머리 상태는 가지런한지 마지막 점검을 하고 있었다. 그러나 마지막은 얼굴이 아니라 용기가 필요했다. 이대로 포기하고 돌아간다면 아침부터 머리 감고 화장한 수고가 아까울 것 같아서 다시 호흡을 가다듬고 조심스레 문을 열었다.

맨 처음 눈에 띈 것은 낡은 잿빛 소파에 면접자로 보이는 두 남녀가 나란히 앉아 있는 풍경이었다. 사무실이라고 해봐야 고작 20평 정도밖에 안 되었다. 창문마다 짙은 색 블라인드가 쳐져 있어 실내는 다소 어두웠다. 내가 생각했던 혁신적인 사무실 분위기와는 다소 거리가 멀었지만 그런 걸 따질 때가 아니었다. 예상치 못한 생리통 때문에 아침부터 진통제를 빈속에 두 알이나 먹은 탓인지 속이 메스꺼웠다. 나는 조심스럽게 소파에 앉았다. 면접자는 세 명이었다. 나는 면접의 긴장감 대신 이상한 호기심이 발동했다. 도대체 이별을 매개하는 회사의 사장은 누굴까. 면접 질문은 어떤 것들이 나올까.

'서울에 길고양이 수가 얼마인지 알아요?'

'독도를 서울로 옮긴다면 비용이 얼마나 들 것 같아요?'

'맨홀 뚜껑이 전국에 몇 개일 것 같아요?'

최소한 이런 엉뚱한 질문을 하지 않기를 바랄 뿐이었다.

"먼 데까지 오느라 수고했어요. 이 자리는 면접이라기보다 그냥 편하게 이야기하는 자리니까. 긴장하지 말고 편하게 대화하면 될 것 같아요."

한 남자가 파티션 안쪽에서 불쑥 튀어나오며 말을 건넸다. 남자는 사십대 중반으로 동글 넓적한 얼굴에 사각진 턱, 희끗희끗한 귀밑머리에 거부감이 없는 인상이었지만 호감형도 아니었다. 내가 인상 깊게 보았던 건 눈썹 허리였다. 눈썹이 고르지 못하고 중간이 잘린 게 유독 눈에 띄었다. 엄마가 예전에 했던 말이 떠올랐기 때문이다. 눈썹 허리가 잘린 남자는 무슨 일을 해도 끝을 못 본다고 했던가. 그는 눈썹에 잔뜩 힘을 주며 면접자들에게 사무실 중앙에 있는 회의 탁자에 모이라고 했다. 우리가 자리에 앉자 그는 말문을 열었다.

"세상에는 딱 세 가지 종류의 사람이 있죠. 첫 번째, 일을 만들고 저지르는 자, 두 번째, 남들이 일으킨 일을 멍하니 바라보는 자, 세 번째 부류는 무슨 일이 일어났는지조차 모르는 자. 그럼 여러분은 이 중 어디에 속합니까?"

사장은 우리에게 질문에 대한 우문현답을 요구했다. 밑도 끝도 없는 질문이었다. 이런 질문이 가장 싫었다. 그때 함께 온 남자가 조용히 입을 열었다.

"세상에 아무 관심이 없는 사람은 어디에 속하나요?"

남자는 쓸데없는 질문을 상당히 진지한 얼굴로 물었다.

"아, 그건…… 막힌 하수구 같은 인간이네."

사장의 한마디에 남자의 얼굴이 붉어졌다. 내 눈은 사장의 말이 귀에 와 닿기 전부터 그가 입고 있는 와이셔츠 왼쪽 소매 끝단의 찌든 때와 수없이 빨아댄 낡은 흔적에 박혀 있었다. 이 남자 기러기 아빠가? 이혼남? 싱글남? 온갖 잡생각이 떠올랐지만 그래도 질문의 요지는 잊지 않았다. 굳이 답을 한다면 난 세 번째 부류였다. 그러나 면접자 중 그 누구도 입을 열지 않았다. 사장은 우리가 입을 열지 않자 다시 목청을 가다듬고 말을 이었다.

"세 사람 모두 세상과 격리된 사람들 같군요. 이별 매니저란 직업이 여러분에겐 아주 생소하겠지만 나는 이별조차 누군가의 힘을 빌리는 시대가 온다고 봐요. 특히 요즘 젊은이들은 얼굴 보며 감정을 전하는 데 아주 서툴러서 이 일은 꼭 필요한 일이 될 거예요. 아주 정중한 이별을 품위 있게 전달하는 이별 매니저들을 통해 원하지 않는 감정을 차단할 수 있어요."

사장의 조리 있는 말솜씨는 논리까지 갖추고 있었다.

"여기 오는 손님들은 모두 자기 힘으로 이별할 수 없는 연약한 사람들이에요. 요즘 헤어지자는 말을 잘못 꺼냈다가는 보복 테러를 자행하는 사람들까지 있는 상황이니 이별 매니저는 앞으로 더 많이 필요할 거예요. 특히 이 사업은 새로운 시장을 만드는 것이니 다른 시장의 고객을 뺏어오는 양아치 같은 짓은 하지 않아도 된단 말이죠. 창의력이 요구되는 멋진 직업이에요. 질문하고 싶은 분은 하세요."

그때 옆에 있던 또 다른 여자 면접자가 손을 들고 질문했다.

"근데 상호가 도로나 이별인데 도로나가 뭐예요?"

"아, 도로나. 아주 좋은 질문이네요. 도로나는 원래의 나, 자연인인 나를 뜻해요. 누군가 만나고 헤어지면 도로 나로 돌아오는 것이고 또 습관이란 것도 모두 원래의 내 모습은 아니거든요. 그래서 '도로 나'로 돌아가자 이런 의미로 회사 이름을 만들었죠."

사장은 자신감 넘치는 모습으로 회사 상호를 설명했다. 주먹을 불끈 쥐고 세상을 향해 킥이라도 날릴 듯한 태세였다. 주먹 위로 불뚝 솟은 푸른 핏줄이 튕겨나올 듯 선명했다. 사장의 열정은 그 어떤 사람도 따라올 수 없을 것처럼 보였다. 한 가지 마음에 걸리는 게 있다면 사장의 열정과는 달리 회사 규모가 너무 작다는 거였다. 더구나 창가에 걸려 있는 철 지난 담황색 블라인드가 아까부터 신경에 거슬렸다. 담황색보다는 화이트가 더 어울릴 것 같았다.

사장은 자신의 전직이 결혼정보회사 커플 매니저였다고 소개를 했다. 결혼 안 하는 사람들이 늘어나면서 결혼정보회사가 문을 닫는 바람에 커플 매니저의 직업을 접었다고 했다. 세상 변화에 따라 발 빠르게 움직이는 사장의 처세가 나쁘지만은 않았다.

사장은 사랑을 잘하는 커플은 이별법도 다르다고 했다. 바쁘고 경쟁적인 사회에서 이별 같은 감정에 끌려다니지 않고 단호하게 정리한다고 했다. 먼저 찰 것인가? 차일 것인가? 언제나 이것이 문제였다. 사랑이 끝나는 것 자체가 죄는 아니다. 변하는 감정을 붙잡아두는 게 고통스럽고 그래서 자신의 감정에 정직해지고 싶다면 이별을 먼저 통보하는 게 합리적이라는 뜻이었다. 어쩌면 이별은 잔인한 정직이 되는 셈이었다. 그래서 이별의 밀당을 잘하는 사람이 사랑의 고수이며 언제나 승리자였다.

개별 면접이 시작되었다. 사장은 아주 독특한 사람이었다.

도로나 이별의 면접 또한 아주 특별했다.

"이가을 씨 들어오세요."

내 이름이 가장 먼저 불렸다. 사장의 면담은 아주 인상적이었다. 어깨 높이의 파티션 안에 사장이 있었다. 파티션 안은 상상했던 것보다 훨씬 비좁았다. 사장의 책상 너머로 가정집 침대가 눈에 들어왔다. 프레임까지 있는 침대를 보자 순간 나는 못 볼 걸 본 사람처럼 동공이 커졌다. 신혼방에나 있을 법한 2인용 머리 장식 침대라니 도저히 어울리지 않는 풍경이다. 사장은 의자 등받이에 머리를 기댄 채 멈칫하는 내 표정을 읽은 듯 눈짓으로 침대를 가리켰다.

"저거? 아직 사업이 초창기라 사무실에서 많이 자거든. 신경 쓸 거 없어요."

사장이 멋쩍다는 듯이 웃으며 말했다. 갑자기 침대가 날 착잡하게 만들었다. 나는 사장의 맞은편 의자에 머쓱하게 앉았다. 사장은 이력서를 손에 들고 눈으로 대충 한번 훑어내려갔다.

"지금은 가을이 아니라 봄인데?"

"네?"

"아…… 농담, 농담! 이별하기 좋은 계절이 이름이라……."

사장은 초면에도 불구하고 아주 썰렁한 농담을 던졌다. 난 이럴 때마다 이름을 바꾸고 싶었다. 내가 생각하는 가을은 사랑하기 좋은 계절이다. 황금빛으로 물든 길을 누군가와 함께 걷고 싶다는 마음이 드는 계절이기도 했다. 이별하기 딱 좋은 계절은 늘 겨울이라고 생각했다. 몸이 추우면 마음도 얼어붙는 느낌이었다. 어쩌면 여름과 겨울이 이별하기 가장 좋은 계절 아닐까. 이런 생각을 하는데 사장이 다시 혼자 중얼거렸다.

"심리학이라 심리. 음…… 전공이 마음에 드네. 우리 일하고도 어느 정도 맞고."

이력서와 내 얼굴을 번갈아보던 사장은 유쾌한 반응을 보였다. 곧이어 사장의 질문이 이어졌다.

"남자에게 차여본 적 있어요? 그것도 아주 잔인하게 말이야. 주로 차는 쪽이에요? 아니면 차이는 쪽이에요? 허허허, 이거 질문이 좀 거시기하네. 참고로 나는 주로 차이는 쪽이었는데…… 허허허."

사장은 '잔인하게'라는 단어에 악센트를 주며 아주 낮은 톤으로 말했다. 면접에서 결코 나올 수 없는 질문들만 콕콕 골라 했다. 그동안 많은 면접을 다녔지만 이렇게 수준 낮은 질문은 처음이었다. 이어지는 사장의 질문은 꽤 원색적이었다. 사적인 질문에 잠시 당혹스러웠다. 일반적인 면접 질문들은 하지 않았다. 그 점이 가장 불안했다.

"전 주로 차는 쪽인데요."

나는 목소리에 힘을 실어 말했다. 사실 대답할 가치도 없는 질문이라 당장 밖으로 뛰쳐나가고 싶었다.

"오케이!"

사장의 말이 내 머리에 꽂혔다. 내가 누군가를 찼다는 답변이 왜 통쾌한 오케이가 되는지 이해가 되지 않았다. 사장은 뭔가 흡족한 듯 입가에 웃음을 흘렸다. 사장의 웃음이 심상치 않았다. 파티션 밖으로 나올 때까지 사장의 질문이 여전히 내 신경줄을 붙잡았다.

파티션 밖으로 나오자 면접 대기자인 키 작은 남자가 초조한 듯 기다리고 있었다. 남자는 궁금해서 못 견디겠다는 표정으로 날 보자마자 재촉하듯 물었다.

"무슨 질문 해요?"

남자의 질문에 나는 입을 다물었다. 특별할 것도 없는 단순한 질문이라 전해주고 싶은 의욕마저 없었다.

면접을 마친 나는 다시 소파에 앉아 이어폰을 귀에 꽂았다. 음악을 듣는 동안 조금 전 사장의 질문이 떠올랐다. 사실난 서른이 되도록 누군가를 진지하게 사귄 경험이 없었다. 지금까지 누군가를 마음에 두는 행위를 경계했다고 할까. 감정 앞에서 머뭇거릴 때가 많았다. 그래서 사랑이나 실연의 감정에 서툴렀다. 누군가를 찬 경험이라도 있다고 말하는 쪽이 자존감 있어 보였다.

엄마는 사랑에 빠지면 감정에 맡기면 된다는 조언을 한 적이 있다. 사랑 지상주의자인 엄마의 사고방식은 꽤 진부했다. 사랑이란 감정은 치열한 경쟁 사회에서 소모적이고 낡은 감정 아닐까. 그래서 내가 서른이 되도록 솔로로 남아 있는 건지 모른다. 남자와 연애를 하며 감정을 소모하는 것보다 스쿠버다이빙을 즐기는 편이 나을 거라는 생각에는 변함이 없다.

면접이 끝나고 며칠 후 사무실에 나타난 건 나와 박유미 이렇게 단둘이었다. 다행히 유미는 나와 동갑이었다. 세상에 관심이 없던 키 작은 남자는 예상대로 나타나지 않았다. 우린 입사하자마자 매니저라는 직함으로 불리었다. 도로나 이별 사무실에는 사장과 김주은이라고 불리는 내근직 여직원, 그리고 나와 유미 이렇게 넷이 전부였다.

2

닥터 황을 다시 만난 건 그를 병원에서 만난 지 이틀 뒤였다. 그는 내가 병원에 들어서자 응급실에서 막 나오는 참이었다. 황은 날 힐끗 보더니 로비 쪽 안내데스크로 다가갔다.

안내데스크 여직원이 황을 보자 남색 상자를 꺼내 건넸다. 상자를 받아 든 그는 잠시 생각에 잠기더니 이내 상자를 내게 내밀었다. 그가 내게 남색 상자를 내미는 순간 이상야릇한 기분이 들었다. 마치 내가 의뢰인의 그녀로 빙의된 듯 손이 살짝 떨렸다. 내가 만약 사랑하는 사람에게 추억의 물건들을 이런 식으로 받는다면 상자를 바닥으로 패대기칠 것 같은 그런 느낌이었다.

"헤어지더라도 가끔 연락 정도는 주고받을 수 있는 친구로 남고 싶다고 전해줘요."

그는 씨익 웃으며 말했다. 가끔 만날 수 있는 친구란 말에 갑자기 정신이 퍼뜩 들었다. 그 말이 가끔 너와 잠자리 정도는 해줄 수 있다는 뜻으로 들린 건 왜일까? 턱을 들어 그의 눈을 들여다봤다. 아쉬움이 묻어나는 눈이 비겁해 보였다.

"친구로 지낼 수 있다면 감정이 나쁘지 않다는 얘긴데요?"

그의 반응이 궁금해 한마디 던졌다.

"헤어질 때 원수로 남으려는 사람은 없어요."

황은 대답을 하면서도 조금 불편한 표정을 지었다. 황은 사귀던 애인을 충전기처럼 생각하는 게 아닐까. 잠시 그런 생각이 들었다. 충전과 방전이 자유로운 사람. 부패한 통조림이 필요한 사람은 배부른 자가 아닌 굶주림에 시달리는 자라더니, 나는 애써 웃음을 지었다.

"이별 매니저가 이럴 때 필요한 거 아닌가요? 제가 오해 없이 깔끔하게 일 처리 할 테니 맘 푹 놓으세요."

나는 그의 얼굴을 보며 신뢰를 얻기 위해 확신 있는 목소리를 냈다.

"그럼 잘 부탁해요."

그는 이내 핸드폰 메시지를 확인하더니 다시 응급실로 서둘러 들어갔다. 그런 그의 뒷모습을 물끄러미 바라보다 상자를 품에 안고 병원 현관을 나왔다. 이 상자에 무엇이 들었을까보다는 무사히 임무를 완수했다는 안도감이 내게 더 큰 의미였다.

"추억 상자 회수했네."

사장이 나를 보자 빙긋이 웃더니 상자에 관심을 보였다. 추억 상자란 말이 왠지 애틋했다. 상자를 조심스레 열어보자 그 안에는 그녀가 보낸 물건들이 가지런히 놓여 있었다. 카드 겉봉에 쓰인 그녀의 마음이 묻어나는 글씨체가 도드라지게 눈에 띄었다. 상자 안에 있는 물건들은 연인으로부터 받은 사랑의 흔적이 고스란히 묻어 있었다. 어쩌면 카드빛 독촉까지 받아가며 사준 물건들이 아닐까 하는 상상을 잠시 했다. 상자 안의 물건들이 이제 버려진 폐품이나 마찬가지로 보였다. 초라했다. 마음이 떠난 애정의 징표들이 원주인에게 돌아갈 제의의 시간만이 남았다.

상자 안쪽에 이별 통보자의 신상이 담긴 명함이 보였고 명함에는 'HTV 홈쇼핑 MD 강미후'라는 활자가 쓰여 있었다. 첫 번째 이별 통보 대상은 강미후.

오후부터 강미후를 분석하는 회의가 시작됐다. 테이블 위에 황이 건네준 상자를 올려놓으며 모두 그 안에 무엇이 들어 있을지 호기심 어린 눈으로 바라보았다. 유미가 상자 안의 물건들을 뒤적거리며 꺼내 보았다. 유미의 눈빛은 호기심이 가득한 어린아이 같았다.

"여기 팬티도 있네!"

유미가 대단한 걸 발견한 사람처럼 소리를 질렀다.

"뭐야 이미 입었던 팬티잖아. 라벨도 떨어지고 포장도 없이……. 버리든가 할 것이지. 참 희한한 사람이네."

"잔인하게 정을 떼겠다는 거지. 팬티까지 넣은 걸 보면."

"요즘 사람들 깊이 사귀는 걸 부담스러워 하잖아. 느닷없이 이별하자는 통보를 받으면 기분이 어떨까."

모두 각자 떠오르는 대로 말했다. 사장은 요즘 남자들이 나약해진 건 순전히 여자들 탓이라고 했다. 사장은 유미가 들고 있는 팬티를 손끝으로 들어올렸다. 인디언핑크빛에 스트라이프 청색 줄무늬가 있는 화려한 디자인의 팬티였다. 사장은 마치 자신이 국립과학수사대 직원이 된 것처럼 꼼꼼히 팬티를 살폈다.

"성적 취향이 독특한 사람의 팬티네."

사장의 한마디에 우리는 한바탕 웃었다. 사장은 강미후의 인화된 사진들을 뚫어지게 살피며 꼭 범죄의 흔적을 쫓는 수

사관처럼 굴었다.

강미후는 미간이 넓고 눈이 옆으로 길어 동양적인 이미지를 가지고 있었고 목선이 날렵하며 윗입술이 가지런했다. 좁은 어깨선이 미인형의 골격이었다. 사장은 눈을 가늘게 뜨며 강미후에 대한 인상을 정리했다.

"단아한 인상이긴 한데 고집이 있어 보여. 의뢰인에게 질기게 매달리겠는걸. 쇠심줄처럼 말이야. 이런 성격이 남자를 질리게 할 수도 있어. 인중이 짧은 게…… 집착이 강한 상이야. 쉽지 않겠는걸."

"요즘 관상 의미 없어요. 성형으로 관상도 바꾸는 세상인걸요."

주은이 한마디 거들었다.

"아무리 겉모습을 뜯어고쳐도 팔자 성형은 어려운 법이거든."

사장은 혼자 이런 말을 내뱉으며 중얼거렸다. 첫 표적이 고무줄처럼 질긴 여자라는 말에 시작도 하기 전에 슬슬 부담감부터 왔다. 상자 귀퉁이에 종이꽃 장식 카드를 집어들었다. 카드를 열어보자 축하해! 축하해!라는 요란한 소리의 음성 파일이 재생되었다. 생일카드에는 이렇게 적혀 있었다.

우리가 여름에 찾아갔던 바다를 겨울에 혼자 찾아왔어. 여전히 모래는 곱네. 그 모래의 숫자만큼 가슴에 자기를 새겨놓았어. 서른두 번째 생일 축하해. 시간을 거슬러 봐도 후회할 게 없는 우리 사이야. 이 시간에도 자기는 응급실에서 발을 동동거리며 시간을 보내겠지. -미후-

생일카드 글귀에는 황을 향한 사랑의 흔적이 고스란히 담겨 있었다.

"이 인간 양다리 걸쳤었네. 삼 개월 전에도 간호사 떼어낸 증거가 있어."

유미가 닥터 황의 지난 이별 사례를 들먹였다.

"이 노트 좀 봐요. 와아 대단하네."

주은이 이번에는 내게 푸른색 표지의 노트를 내밀었다.

"이게 뭐야?"

"둘이 통화한 내용이잖아. 이런 여자가 있긴 하네."

유미는 신기한 듯이 통화 노트를 뒤적거렸다.

노트 겉장을 넘기자 '미후와 석원의 밀담'이라는 제목의 표제가 눈에 띄었다. 노트에는 일상적인 이야기들이 깨알같이 적혀 있었다. 손 글씨의 정성에 내심 감동했지만 어쩐지 유통기한을 넘긴 통조림 같았다. 여자의 진심이 닥터 황은 부담스러웠던 것일까. 남녀의 만남도 소비되어 유통되고 결국 폐기 처분되는 게 여정인 게 아닐까.

　사장은 여전히 그녀의 사진을 매의 눈으로 살폈다.

　"이 여자 보면 볼수록 외로운 고양이상이야. 이런 여자가 남자 발목 잡으면 무서워. 집요하지. 더구나 입 모양이 거슬려. 끈질기고 집념도 있어 보인단 말이야. 여자 고집이 만만치 않겠는걸."

　"그걸 어떻게 알아요? 사장님 관상도 봐요?"

　"사람 상대한 게 몇 년인데……. 알고 보면 세상은 다 사람 장사야. 내가 관상만 보는 줄 알아? 손금도 볼 줄 알아."

　"아무래도 돗자리 펴야겠어요. 사장님. 제 손금 좀 봐주세요."

　나는 사장의 얼굴에 왼손바닥을 들이밀었다.

　"이거 원, 회의가 아니라 점집에 온 것 같잖아. 인심 한번 써봐?"

　엄마는 팔자 도둑질은 못한다는 말을 입버릇처럼 하곤 했다. 관상은 성형으로 바꿀 수 있어도 사주는 절대 도망칠 수 없는 거라고 했던 말이 떠올랐다.

"이상적인 손금은 본선이 끊어지면 안 되거든. 지선이 본선 위아래로 가지처럼 뻗어야 좋은데 본선의 힘이 아래로 가면 힘이 약해. 가을 씨는 감정선이 풍부하기는 한데 중간이 뚝 끊겼다. 가을 씨 애인 없지?"

사장이 불쑥 던진 말에 당황했다.

"손금 보다가 애인은 왜 물어봐요?"

"없어. 하지만 아직 실망하기엔 일러. 나중에 애인 생기면 감정선이 중지를 향해 다시 치고 올라올 거야."

"손금이 변하기도 하나요? 그런 소리 처음 듣는데……."

"믿거나 말거나지만 감정이 변하면 사람의 기운이 달라지니까 변할 수도 있지."

"에이 거짓말이네요. 사장님. 태어날 때부터 손금은 타고나는 거지 변하지 않는다고 들었는데."

"왼손의 손금은 타고나지만 오른손은 후천적인 운이 작용하지. 새겨들어, 감정이 건조한 사람은 연애도 못한다는 소리야."

사장은 천연덕스레 중얼거렸다.

"새겨들을게요."

"그래, 각자 물건들도 살폈으니 이제 일 얘기 좀 해보지."

"의뢰인이 복을 차네 차. 요즘 남친에게 정성 쏟는 여자가 어뒀다고. 정말 결혼까지 생각한 거 아닐까요? 여기 동영상이 담긴 USB도 있어요."

유미가 USB를 사장에게 들이밀었다. USB 고리에 붙은 견출지에 '내 남자의 하루'라는 검은 사인펜 글씨가 보였다.

"각본 연출 편집 모두 강미후로 되어 있네. 난 죽었다 깨어나도 오글거려 저런 짓 못할 것 같아. 대단해!"

유미가 나름대로 분석한 내용을 거침없이 말했다.

"쉽진 않겠어요."

"일단 강미후에게 통보하고, 부딪혀보라고. 성격 파악하고, 조심스럽게 달래야지. 남자가 싫다는데 별수 있어? 남자가 섹스를 해야 하는 237가지 이유에서 이미 제외됐다고."

"사장님! 지금 그걸 말이라고 해요?"

나는 사장의 말에 발끈했다.

"지하철 노점에 그런 책이 있어서 해본 말이야. 너무 과민 반응하지 말라고."

사장이 너털웃음을 지으며 아무렇지 않게 말했다.

첫 의뢰인인 만큼 특별히 신경이 쓰였다. 서른이라는 나이에 사회에서 낙오자가 되지 않으려면 기필코 이번 일을 성사시켜야만 했다. 경험을 쌓다 보면 사장 말대로 최고의 이별 매니저가 될 수 있을지도 모른다. 그냥 긍정적으로 생각하기로 했다. 계약직과 이별이 이제 강미후 손에 달려 있었다.

3

 나는 이 일을 하기 전 계약직 행원 생활을 몇 개월 한 적이 있었다. 그때 엄마는 딸이 은행에 들어갔다며 가까운 이들에게 자랑을 늘어놨다. 나는 은행에서 엄마의 생각만큼 거창한 일을 하진 않았다. 내가 한 일이라곤 파산 신청자들의 부채 증명서를 발급받아 연체자들에게 매번 전화번호를 바꿔가며 반협박을 하는 일이었다. 점심시간을 제외하고는 종일 수화기를 붙들거나 불량 채무자들의 집을 뒤져가며 고함을 질러대야 하는 일들로 시간을 보냈다. 채무자들과의 종일 입씨름을 하고 집으로 돌아오면 억눌린 감정을 쏟아낼 곳이 없어 베란다에 누워 맥주를 홀짝거리며 캄캄한 밤이 영원했으면 하는 마음으로 쓰러져 있곤 했다. 그마저도 부실 저축은행들의 퇴출로 인해 그만두게 되었지만.

그 일 이후 이제 엄마에게는 확신 없는 일에 대해 섣부르게 말을 꺼내지 않기로 했다. 이 일도 그저 인턴이라는 말로 엄마의 기대를 잠재웠다. 아직은 층층 계단식 미로와 같은 일이지만 포기하기에는 일렀다. 비즈니스 세계에 들어온 이상 물러설 수 없었다. 나는 이 세계에서 꼭 뿌리를 내려야만 한다. 서른이 훌쩍 지난 나이에는 프로 매니저가 되어 있을 거라는 상상을 하면 불안은 조금 잠재워졌다.

사장은 한 달간 교육이라며 훈련 조교처럼 우리에게 이별 매니저가 갖추어야 할 기본소양 교육을 시켰다.

"의뢰인들의 공통된 특성이 있다면 그들이 직접 이별에 나설 수 없다는 거지. 한마디로 입맛 까다로운 고객들이라고 할까? 딱 두 가지 부류야. 마음이 약해 직접 말 못하는 심약한 사람, 또는 상처에 대해 무심한 사람, 답이야 어찌 되었건 우린 그들을 도와 파트너의 요구를 충실히 돕는 이별의 전령사 역할만 하면 돼. 사회적 지위가 높은 인간들일수록 세심하게 다루어야 한다는 점 명심하고. 특히 매니저들이 보호해야 하는 건 의뢰인들이지 이별 통보대상자들은 아니라는 걸 기억해."

　사장의 설명을 듣다 보니 이별을 하는 데에도 강자와 약자
가 존재했다. 사장은 이별에도 선순환과 악순환이 있다고 했
다. 의뢰인을 만났을 때 선순환이 될지 악순환이 될지 바로
알 수는 없었다.

　사장은 회사의 매뉴얼을 달달 외우라고 했다. 유미와 나는
지필시험까지 봐야 했다.

이별 매뉴얼

- 이별 조건 체크하기.
- 시간, 상황, 장소를 체크해 이별 의뢰인의 감정을 식지 않게
  배려할 것.
- 이별이 진행되는 동안 이별의 감정을 방해하는 어떤 말도 꺼
  내지 않기.
- 의뢰인의 이별에 개인적인 의견을 달지 말기.
- 이별이란 감정이 최대한 즐거울 수 있도록 분위기 조성하기.
- 의뢰인의 이별에 찬사를 보내며 공감 표시하기.
- 매니저는 둘 사이의 만남을 도와주지 않기.
- 이별 대상자의 감정에 이입되는 실수를 하지 않기.

- 이별에 장애가 되는 문제는 능동적으로 해결하기.
- 이별 감정이 식지 않도록 최대한 신속 정확하게 처리하기.
- 고객의 분노나 슬픔을 다 발산하도록 돕기.
- 고객 클레임에는 수당 회수.
- 부정적인 생각이 끼어들지 않도록 단어 선택 주의하기(과거의 좋은 감정보다 나쁜 감정에 이입시키기).
- 이별의 타이밍을 정하기.
- 이별할 수 있다는 자신감을 의뢰인에게 강하게 심어주기.
- 의뢰인을 솔로 천국으로 안내하고 커플 지옥이라는 인식을 강하게 심어주기.
- 이별을 망설이는 의뢰인에게는 삼고초려의 정신으로 다가가기.

매뉴얼은 온통 이별을 부추기는 문구들뿐이었다. 이별상품 기획자답게 세상의 온갖 이별이 음식 메뉴처럼 등장했다. 내 밥벌이의 대상은 결국 이별을 꿈꾸는 사람들이었다. 시들해진 관계의 틈새를 파고들어 끊어내게 하고 회복 불가능한 습관들을 정상적으로 만들어주는 실험적인 일들이 과연 내 월급을 만들어줄 것인지 의문이었다. 선순환으로 돌아가도록 하려면 의뢰인이 원하는 것을 해주려는 노력, 그것이 가장 중요하다고 했다.

'도로나 이별'에는 여러 가지 이별상품이 있었다. 특히 이혼 조항이 눈에 띄었다. 웨딩플래너 못지않게 행복한 이혼이 되도록 이혼 컨설팅까지 겸하고 있다. 시대의 흐름에 순응하는 상품이었다. 이혼 컨설팅은 결혼도 해보지 않은 나로서는 감당하기 어려운 상품이었다.

사장이 자랑했던 습벽 탈출 프로그램도 취급 상품이었다. 습벽 프로그램은 자신의 몸속 깊숙이 배어버린 습관 때문에 절망하고 좌절하는 사람을 위한 상품이었다. 습관을 바꾸면 운명이 바뀐다는 말은 오랜 명언이라며 사장은 누누이 강조했다.

"선순환의 고리가 한 바퀴라도 굴러가면 관성이라는 불변의 법칙이 붙어 알아서 순환하는 거지."

사장은 자신의 소신을 우리에게 밝혔다. 그는 자신이 개발한 프로그램이 시행착오를 거치며 완벽해지고 있다고 믿고 있었다. 자신만의 습관에 매여 질질 끌려다니는 사람들이 세상에 많은 건 분명한 사실이었다. 그러나 이별 매니지먼트가 성공할지 확신할 수는 없었다. 사장의 아이디어는 신선했지만 따지고 보면 세상의 모든 일들은 관계를 끊어내는 일들이었다. 그걸 누군가 대행해줄 수 있을까? 성공적인 이별 매니저가 되기 위해서는 이별 지침서라도 숙지해야 할 것 같았다.

오후 내내 이별과 관련된 사례 문서들을 읽어보았다.

애완견과의 이별부터, 유통기한 지난 식품들과의 이별, 요요와의 이별, 추억의 물건과의 이별, 긴 머리와의 이별, 건강식품과 이별했던 건강 염려증 환자의 이별까지. 사례 문서는 집착의 결정체였다. 특히 추억의 물건과 이별한 K씨의 경우는 증거 사진까지 첨부되어 있었다. 사진 속 K의 집에는 생일날 받은 케이크 끈, 재수 시절에 풀었던 수능 문제집, 철 지난 여성 잡지, 학창 시절부터 썼던 낡은 수첩들이 연도별로 쌓여 있었고, 이제는 쓸모없어진 도서관 출입증부터 빛바랜 교복, 머리칼이 엉긴 머리끈, 누군가에게 받았을 발렌타인데이 초콜릿이 포장도 뜯기지 않은 채 바닥을 뒹굴었다. 칠이 벗겨진 액세서리나 유통기한이 지워져 언제 샀는지 모를 화장품들이 상자마다 꽉꽉 채워져 있었다. 상자들은 방 한구석에 발 디딜 곳 없이 켜켜이 쌓여 있었다. 그녀는 추억의 물건들이 자신의 허기진 마음을 채워줬다고 호소했다. 그러나 지금은 자신의 방에서 홀로 구조 요청을 기다리고 있었다. 사진 속 그녀를 보며 앤디 워홀이 떠올랐다. 그 역시 신발, 사진, 동화책, 음반 등 남들이 쓰레기라고 부르는 것들을 모아 수집했던 호더였다. 타임머신이라는 이름의 상자까지 만들어 간직했던 그 역시 저장 강박증 환자였다. 이별 매니저가 그녀에게 처방한 것이라곤 매일매일 추억을 처리하는 사진을 찍어 카톡에 올려 확인받고 감독했던 일 정도였다. 지금쯤 그 의뢰인 방은 과거의 쓰레기로 다시 들어차지 않았을까. 의뢰인의 외로움을 채워줬다는 흔적이 일지에는 보이지 않았다. 문득 내가 이별하지 못했던 것들이 무엇인가 떠올려봤다. 분명 그런 것들이 주변을 맴돌고 있었다. 갑자기 가슴이 답답했다. 뭔가 삶의 균형을 잃어버리고 휘청거리게 했던 흔적들이 내게도 분명 있었다.

사장의 교육은 늘 오후까지 이어졌다. 유미와 나에게 매니저의 덕목에 대해 다시 한번 강조하고 상담하는 방법까지 열정적으로 설명했다. 사장은 이 일에서 가장 중요한 건 이별 후유증이 생기지 않도록 하는 것이라고 했다. 사람의 감정선을 섬세히 다루는 건 바다에 배를 띄우는 심정으로 하라고 주문했다. 바다에 배를 띄우는 일을 해보지도 않았는데 어떻게 하라는 말인지 이해가 되지 않았다. 그러나 추론해보면 배를 띄울 때 날씨를 살펴보고 안전할 때 바다를 항해하는 것과 같은 게 아닌가 하는 생각이 들었다. 사장의 교육이 끝나갈 무렵 갑자기 유미가 사장에게 돌발 질문을 했다.

"여기엔 경력 매니저는 없어요?"

"원래 직원들이 있었는데 모두 두 달도 채 안 돼서 그만두고 말았어요."

"왜요?"

"적성에 맞지 않았다고 할까? 이별 대상에게 연민을 느껴 여러 종류의 일을 적극적으로 수행하지 못했어요. 감정과 일을 구분하지 못한 케이스죠. 여기가 무슨 실연 클럽도 아니고 사적인 감정을 질질 흘리고 다니니 원……. 여러분들은 절대 그런 일 없으리라 믿어요. 앞으로 연민 따위는 개나 물어가라고 줘버리고 자존심은 냉장고 냉동 칸에 얼려버려요. 프로 이별 매니저로서 회사의 방침을 잘 따라주길 바라고, 우리 회사의 상호처럼 '도로 나'가 되도록 모두 힘써줘요. 자, 여기서 구호 한 번 외칩시다!"

"도로나! 도로나!"

사장은 갑자기 의욕이 솟는지 주먹을 불끈 쥐고 '도로나!'를 외치며 우리에게도 구호를 외치게 했다. 도무지 따라하고

싶은 분위기가 아니었다. 유미와 주은은 주먹을 쥐고 연호를
했다. 나는 주먹을 성기게 쥐고 정말 모기만 한 소리로 입을
달각거렸다. 당장 뛰쳐나가고 싶은 분위기였지만 꾹 참았다.
어느새 나도 그들을 따라 도로나를 복창하고 있었다. 사무실
에 오붓이 모여 연호하는 모습에 갑자기 웃음이 터졌다. 시
트콤의 한 장면이 연상됐다. 사장의 아이디어에만 의존하는
회사라는 느낌을 지울 수 없었다. 나는 사장이 실연의 상처
가 없는 사람들을 뽑으려고 하는 의도를 알 것 같았다. 이별
통보대상자에게 연민을 느낄 수 없도록 감정을 배제하려는
거다. 이별 매니저가 상대방의 상처를 자기 상처로 받아들일
까봐 그런 거다. 사장은 업무일지를 내게 주며 숙지하라고
했다. 업무일지를 열자 다음과 같은 규정들이 눈에 띄었다.

유쾌하게 헤어지기 위한 여섯 가지 스텝

1. 이별 매니저는 의뢰인의 비밀을 끝까지 지켜야 한다.
2. 어떤 어려움이 있어도 이별 대상자들이 수긍할 수밖에 없는
   이별의 이유를 논리적으로 전달할 것.
3. 당근과 채찍 요법 — 부드러운 상담과 밀어붙이는 집요함이
   있어야 한다.

4. 특히 의뢰인에게 원한을 품거나 구질구질한 신파극 따위가 벌어지는 일이 없도록 각별히 주의를 기울일 것.

5. 이별의 다리를 놓아줄 때 공감하도록 연대감을 가지게 할 것.

6. 유형 파악에 주력할 것.

그 밑에는 여러 유형에 대한 설명이 들어가 있었다.

사장은 우리가 입사한 지 일주일 만에 홈페이지를 다시 정비했고 의뢰인들의 고민을 실시간 상담코너에서 볼 수 있게 했다. 배너 광고까지 포털 사이트에 띄웠다. 주은은 블로그나 SNS 댓글을 종일 달았다. 또 앱을 깔도록 홍보도 했다. 가끔 걸려오는 상담 전화는 무조건 일대일 약속을 잡고 의뢰인을 찾아가는 방법을 택했다. 이 주제부터 업무를 맡기로 했다. 회사에는 아직 일이 많지 않았다. 그동안 사장에게 이별의 매니저로서 노하우를 사례별로 전해들었다.

"습벽과의 이별은 언제나 그 실체를 대면하게 해줘야 해요. 그래야 자신을 객관적으로 볼 수 있어요. 자신이 얼마나 오랫동안 습벽 속에 숨어 지냈는지 알면 스스로 환멸을 느끼고 변화하려는 시도를 하니까요. 이별에도 스킬이 분명 필요해요."

사장은 습벽 이별을 설명했다. 사장은 나름대로 홍보에 신경을 쓰고 있는 눈치였지만 그다지 빠른 시장의 반응은 볼 수 없었다. 그동안 나는 사장의 이별 매뉴얼을 익히는 일에 전념했다. 어차피 시작한 일이었다. 사장은 창업에 성공하면 이 사업을 지방까지 늘리겠다는 야무진 포부를 밝히며 우리를 독려했다.

"둘이 가는 건 아무래도 상대방에게 부담만 줄 것 같아. 난 사양하겠어."

강미후의 집을 방문하자고 유미에게 제안했지만 단박에 거절당했다. 유미는 이번 직장에 사활을 건 사람처럼 늘 열심이었다. 그런데도 나의 제안을 거절했다는 것이 무척 뜻밖이었다. 나는 조금 난감해졌다. 자존심도 상했다.

"그런 얼굴 하면 내가 미안하지. 우리 둘 다 아직 이 일은 초보야. 그러니까 내가 도와줄 것도 없다는 얘기야. 각자도생하자는 말이지."

유미의 말을 듣고 보니 틀린 말도 아니었다. 책상 위에 놓인 수화기를 그러쥐고 매뉴얼 노트를 펼쳤다. 무슨 말부터 해야 할까, 조금 불안했다. 손에 땀이 조금씩 배어나왔다. 강미후의 반응이 은근히 겁이 나 다시 수화기를 내려놓았다. 이번엔 핸드폰으로 문자를 넣기로 했다.

[저는 도로나 이별의 매니저 이가을입니다. 황석원 씨의 의뢰가 있어 오늘 꼭 만나 뵙고 드릴 말씀이 있는데 저녁에 시간이 어떠신지요?]

나는 되도록 정중하게 문자를 썼다. 그녀의 충격을 완화하기 위한 준비로 나쁘지 않았다. 아주 소극적인 방법이지만 그래도 이 방법이 상대의 심중을 헤아리기가 수월했다.

문자를 보낸 후 한 시간이 흘렀는데도 휴대전화에는 어떤 문자메시지도 오지 않았다. 답이 없자 덜컥 겁부터 났다. 새로운 일에 브레이크가 걸린 것 같아 불안했다. 종일 긴장한 탓인지 눈이 따갑고 아파 가방에서 인공눈물을 꺼내 눈에 대고 몇 방울 떨어뜨렸다. 눈을 깜박거리고 들숨을 한 번 삼켰다. 조금 전보다 나아진 듯했다. 다시 전화를 걸었을 때 휴대전화 너머로 수잔 잭슨의 음악이 들렸다. 이제는 목구멍까지 간질거렸다. 모래가 들어간 듯 입안이 서걱거려 견딜 수 없었다. 컬러링이 몇 바퀴를 도는 동안에도 강미후의 목소리는 들을 수 없었다.

다음날 퇴근 무렵, 추억 상자를 들고 강미후의 오피스텔로 무작정 찾아갔다. 오피스텔은 강남역과 가까웠다. 15층 높이의 오피스텔이 눈에 보이자 마음이 조마조마했다. 언제나 처음이라는 건 두렵고 떨리는 일이었다. 5층에 엘리베이터가 서자 발목이 모래주머니를 단 것처럼 무거워졌다.

복도 끝에 508호가 보였다. 나는 숨을 한 번 내쉰 후 초인종을 눌렀다. 초인종을 여러 번 눌렀으나 안에서는 기척이 없었다. 이번에는 문에 귀를 바짝 들이대고 인기척을 내봤다. 그러나 여전히 아무 소리도 나지 않았다. 오늘 안에 추억 상자를 전한다는 각오를 했으나 뜻대로 되지 않았다. 대체 이걸 어떻게 전해야 할지 한숨이 절로 나왔다. 절대 지금 이대로 집으로 돌아갈 수 없다. 저절로 오기가 발동됐다.

일단 508호 옆, 복도의 가장 끝에 있는 비상계단으로 들어갔다. 비상계단에 앉아 그녀에게 전해야 할 이별 메시지를 체크했다.

복도는 점점 어두워졌다. 누군가를 기다리는 시간은 언제나 느리다. 나는 비상구와 복도를 오가며 서성거렸다. 역시 세상에 쉬운 일은 하나도 없다. 언제나 인생은 대기 중이고 샐리의 법칙이 결코 머피의 법칙을 이길 수 없다. 이곳을 몇 번이나 다시 방문해야 할지도 모른다는 예감이 들었다.

그녀에게 전화하고 싶었지만 미안한 결과를 낳을까 망설여졌다. 직업적 특성 때문에 늦은 귀가를 할 수도 있다는 생각이 들었다. TV 홈쇼핑은 자정을 넘겨서도 방송이 된다는 사실이 떠올랐다. 배가 고파오면서 기다림에 조금씩 지쳐갔다. 잠시 이어폰을 끼고 켈리 클락슨과 아델의 이별곡들을 들으며 조금 더 기다렸다.

꽤 시간이 흐른 듯했다. 새까만 어둠 속에서 한참을 멍하니 기다리는 데 지쳐 피로감이 몰려왔다. 언제나 막연한 기다림은 사람을 지치게 한다. 가방에서 포스트잇을 꺼내 방문했다는 흔적을 글로 남기기로 했다.

'도로나 이별 매니저 이가을입니다. 황석원 씨의 의뢰를 받아 강미후 씨를 기다리다 갑니다. 다시 방문할 날짜와 시간을 핸드폰에 남겨주세요.'

4

성공한 사람들은 하나같이 인내심이 많은 사람들이다. 칠전팔기의 정신은 내게도 필요했다. 벤자민 프랭클린은 인내심을 가진 사람은 원하는 것을 얻게 된다고 말했다. 그 말을 믿고 싶었다.

월요일 오후까지 강미후는 연락이 없었다. 인내심에 한계가 왔으나 다시 전화를 걸었다. 휴대전화 신호음이 두 번 울리자 여자의 또렷한 음성이 수화기 너머로 들렸다. 상대방의 차분하고 명료한 목소리에 오히려 내가 주춤거렸다.

"저…… 강미후 씨 핸드폰이죠?"

"그런데요."

"며칠 전에 문자랑 전화드린 도로나 이별의 이가을 매니점니다.”

“아…… 문자 봤어요. 미안한데 전 그쪽을 만날 수 없어요. 석원 씨와 문제는 다른 사람이 나설 일이 아닙니다. 그럼…….”

그녀는 단호하게 자기 말만 하고 전화를 끊었다. 한마디로 그냥 쓰레기 더미에 맞은 느낌이었다. 그녀는 내게 회전문 같았다. 돌고 돌고, 언제 빠져나올 수 있을지 알 수 없었다. 그때 커피를 마시던 주은이 한마디했다.

“매니저님, 일이 잘 안 풀리죠. 대부분 이별 대상자들은 매니저를 피해요. 이럴 땐 그냥 부딪치는 게 더 좋은 방법 같아요.”

“무모하게 부딪치라는 말인데 어제도 허탕 쳤어.”

“이 일이 원래 제때 사람 못 만나요.”

주은이 내 모습이 안쓰러운지 한마디 더 거들었다. 그때 외근 나갔던 유미가 사무실로 들어왔다.

“아! 나 똥 밟았어.”

유미의 말에 웃음이 터져나왔다.

“대충 짐작이 가네.”

“기껏 약속 잡아놓고 안 나오는 매너는 뭐야. 아 짜증나.”

유미는 잔뜩 화가 난 사람처럼 얼굴이 굳어 있었다.

"어째 그리 신통치 않아?"

사장이 파티션 뒤에서 나오며 말했다.

"일이 쉬우면 매력이 없지. 어떤 방식이든 이별 통보자들을 밖으로 끌어내라고. 창의적인 생각을 좀 하고 덤벼 이 사람들아. 내가 광고해줘서 오는 건수들 놓치면 그건 바보야."

사장은 우리가 일하는 방식이 답답하다는 표정을 지었다.

"사장님, 우리 이제 이 일 시작한 지 한 달 좀 넘었거든요. 신입이니 당연히 어렵죠."

유미가 사장의 말에 당차게 토를 달았다.

"유미 씨 나이가 지금 서른이지. 옛날 같았으면 사회 경험 5년 차 넘는 거 알아? 언제까지 신입 타령할 거야?"

사장은 유미의 아픈 곳을 찔렀다. 아니 내 아픈 곳이기도 하다. 대학 졸업한 지 6년이 되어가는데 신입이다. 중고 신입이라는 딱지는 언제까지 달고 다녀야 할지 누구도 알 수 없다. 유미는 이번에야말로 신입 딱지를 떼고 이 일에 뿌리를 내리겠다고 여러 번 내게 다짐했었다.

"저도 그 정도는 알거든요. 굳이 확인 도장까지 찍어야 속이 시원하시겠어요?"

유미는 이 말을 남기고 쌩하니 사무실을 나가버렸다. 사장은 머쓱한 표정으로 어이없는 듯 날 바라보았다.

"뭐 그런 말에 화를 내나. 내 말이 틀린 것도 아니고."

"틀린 건 아니지만 듣기 편한 소리는 아니에요. 저한테도 그 소린 불쾌했어요. 저나 유미가 이 나이 되도록 제대로 된 경력이 없는 게 꼭 무능력해서 그렇다는 소리로 들려서요."

"아, 그랬어? 미안. 그런 뜻은 아닌데……."

"사과는 유미한테 하세요."

나마저 뾰족하게 굴자 사장은 당황한 얼굴빛이었다. 사무실을 나와 유미가 있을 만한 곳을 찾아보았다.

유미는 이 일을 하기 전 취업 대신 창업을 선택해 실패의 맛을 단단히 봤다. 휴게소 카페라는 사업을 하면서 파트너로부터 이별 선고까지 받으며 5년간 쓴맛을 본 경험이 있다.

유미는 생각보다 가까운 곳에 있었다. 1층 오피스텔 화단 벤치에 유미의 모습이 보였다. 그녀의 손끝에 담배가 걸려 있었다.

"여기 있었네. 괜찮은 거야?"

"너무 괜찮아. 사장한테 한마디 쏘아줬지만 사실 틀린 말도 아냐. 사장한테 화났다기보다 나한테 화난 거지. 사장은 지금의 내 모습을 정확히 말해준 거야. 덕분에 모든 게 분명해졌어. 사실 지금 자존심 따위를 생각할 겨를이 없어. 창업 대출로 개인 파산했거든."

유미는 아무렇지 않게 개인파산이란 말을 내게 고백했다.

"근데 후회는 안 하려고 해. 창업한다고 기웃거린 시간에 착실히 일 배웠으면 지금보다는 나았을지 모르지만 그래도 그 시간이 있어서 그런지 마음가짐은 더 단단해지고 있어. 가을 씨는 나 같은 후회는 없겠다."

"난 오히려 유미 씨가 부러워. 하고 싶은 거 다 해보고 여기 왔잖아. 난 아직도 가지 않은 길에 미련이 있어."

"그게 뭔데?"

"현실적인 거 생각 안 한다면 글 쓰는 일을 하고 싶어."

"와우, 그거 멋진데!"

"마음은 늘 그쪽에 있어서 그런지 어떤 일을 해도 신이 나지 않네."

생각해보면 내 꿈은 작가였다. 어릴 적 엄마는 집 근처 마을문고에서 늘 책을 빌려와 내게 주고 일을 나갔다. 빈집에 홀로 남은 나는 책과 함께 시간을 보냈다. 그러다 사춘기가 되었고 엄마의 성을 쓴다는 게 무슨 의미인지 뒤늦게 알게 되었다. 선생님의 취조하는 듯한 태도를 보며 나와 엄마는 사람들 사이에서 이방인이라는 사실을 알게 되었다.

네 엄마 미혼모구나!라고 말하는 듯한 선생님의 차가운 시선은 여전히 기억에서 지워지지 않는 흔적이었다. 선생님은 입 밖으로 그 말을 꺼내지 않았지만 시선으로 말을 하고 있었다. 그 경멸 어린 시선은 모멸감을 느끼게 했다. 그럴 때마다 우리 엄마 나쁜 사람 아니란 말이에요! 라고 속으로 외쳐 보기도 했다.

사람들은 미혼모에 대해 무책임한 남자를 만난 탓이라거나 불장난의 결과라고 규정짓곤 했다. 그러나 그들은 각자의 사정으로 인해 미혼모가 되었다. 우리 엄마에게도 나름의 사정이 있었다. 엄마는 다른 엄마들보다 몇 갑절 더 악착스럽게 나를 키워냈다. 나 스스로 움츠러들면서 보호막을 치며 살았던 어린 시절은 감추려고 해도 감춰지지 않았다. 그래도 책을 읽는 시간만큼은 불안하지 않았다. 문학작품이든 통속소설이든 또는 자서전이든 닥치는 대로 읽었다.

《오만과 편견》을 여러 번 읽으며 밤을 새웠고《폭풍의 언덕》을 읽으며 히스클리프의 영혼에 눈시울을 붉혔다. 더구나 생텍쥐페리의《어린 왕자》는 무슨 뜻인지 몰라 여러 번 읽었던 기억이 있다. 사람의 마음을 얻는 일, 바람 같은 마음이 머물게 하는 일이 세상에서 가장 어렵다고 했는데 어릴 땐 그게 무슨 말인지 이해되지 않았다.

"눈에 보이는 건 껍데기에 불과해. 진짜 중요한 건 보이지 않아."

성인이 되어서야 이런 말의 진짜 의미를 비로소 깨달았다. 마음으로 보아야만 제대로 볼 수 있다는 진리를 깨달은 순간 세상을 다 얻은 것 같았다. 생텍쥐페리의 작품은 오랫동안 마음속에서 살아 움직였다. 작가는 감히 꺼낼 수 없는 감정과 이야기를 세상에 꺼내놓는 사람이다. 나 역시 나만 보이는 세상의 이야기들을 눈에 보이게 만들어보고 싶었다. 다양한 인물들을 살아 움직이게 만드는 매력이 나를 두근거리게 했다. 그래서 도서관은 내게 놀이터였고 산소통이었다. 그랬던 시절이 분명 있었다.

밤 9시가 넘어 강미후의 오피스텔에 도착했다. 그녀의 퇴근이 늦어질 거란 예상을 하고 일부러 늦게 출발했다. 초인종을 조심스레 눌렀다. 이번에도 인기척이 없었다. 아직 퇴근하지 않은 게 분명했다. 오피스텔 복도는 쪽창을 통해 네온사인의 빛만 간간이 비췄다. 지금쯤 그녀가 지하철을 타거나 버스를 타고 오는 중이겠지. 복잡한 생각에 시간이 조금씩 흘렀다. 오늘은 아예 밤샘 각오를 했다. 그녀는 이미 내 존재를 피하고 있는 게 분명했다.

어디선가 사이렌 소리가 요란하게 들렸다. 복도 끝 덧창으로 내려다보니 여러 대의 소방차가 사이렌을 울리며 도로를 미끄러지듯 빠져나갔다. 사이렌 소리는 들을 때마다 내 삶의 위험성을 경고하는 것 같아 기분이 좋지 않았다.

그 순간 땡 하는 소리가 들렸다. 엘리베이터가 5층에 멈췄다. 누군가 엘리베이터에서 내리는 소리가 들렸다. 그 소리는 508호가 있는 쪽 복도로 오고 있었다. 굽이 뾰족한 여자의 구두가 분명했다.

어두운 복도에 다시 센서등이 켜졌다. 긴 생머리에 연분홍빛 피부를 가진 여자가 내 쪽으로 다가오고 있었다. 사진 속보다 눈이 더 크고 깊었다. 감각적인 일을 하는 특성 때문인지 세련된 외모가 누구나 호감 가질 수 있는 인상이었다. 그녀는 자신의 집 앞에 서 있는 나를 보자 짐짓 놀란 듯 멈칫거렸다.

"누구시죠?"

"낮에 전화한 이가을이에요. 강미후 씨에게 황석원 씨의 이별 메시지를 전하러 왔습니다."

"이별 메시지요?"

"황석원 씨는 강미후 씨와 이별을 원합니다. 그동안 미후 씨와 보낸 시간은 좋은 추억이지만 이제 관계를 더 지속할 수 없어 이별을 전합니다."

"그게 무슨 뜻이에요?"

강미후는 놀란 토끼 눈을 하며 나를 빤히 쳐다보았다.

"이제 그의 메시지를 전해드릴게요. 잘 들어주세요, 강미후 씨는 연애기간 동안 최선을 다했다는 걸 알지만 이제 자신은 도로 원래의 자리로 돌아가야 할 시간이라고 합니다. 사실 육체적으로 피곤한 상태였지만 그동안 내색하지 않고 만나왔으며 그로 인해 의료사고가 날 수도 있었다고 전해달라고 합니다."

"그게 말이 되는 얘기예요?"

"말이 되지 않겠지만 진실입니다. 그리고 이 상자는 그동안 미후 씨와 석원 씨의 추억이 담긴 물건들입니다. 이 물건들을 받아주세요."

나는 냉정하고 차분하게 그녀에게 메시지를 전하고 상자를 그녀 앞에 내밀었다. 상자를 보자 그녀의 표정이 순간 얼음처럼 차갑게 변했다. 그녀의 얼굴을 본 순간 내가 이별의 당사자라도 된 듯 가슴이 철렁 내려앉았다.

"진짜 이걸 석원 씨가 보낸 건가요?"

믿기지 않는다는 듯이 그녀의 동공이 점점 커졌다.

"물론요. 저희 도로나 이별을 통해서요. 내키지 않더라도 받아주셔야 합니다."

"이건…… 받을 수 없어요. 혹시 석원 씨 집에서 보낸 거 아니에요?"

그녀는 당혹스럽다는 표정을 지었다.

"미후 씨 이건 누구의 사주가 아니에요. 그렇게 미덥지 않으면 지금 당장 전화해보세요."

"아뇨. 그럴 이유가 없어요. 처음 본 여자의 말을 믿을 순 없잖아요. 제가 가장 사랑하는 사람을 믿지 못한다는 게 말이 돼요?"

그녀의 눈가에 경련이 일었고 흥분한 목소리는 바르르 떨렸다.

"일단 이 상자부터 받고 석원 씨에게 연락해보세요."

그녀의 의심을 예상했지만 물러설 수 없었다.

그녀는 내 말이 끝나기도 전에 번호키를 빠르게 누르더니 문 안으로 들어가려 했다.

"미후 씨, 잠깐만요!"

나는 상자 끝을 그녀의 방에 밀어넣으려고 손잡이를 부여잡았다. 그 순간 상자가 방문에 끼면서 바닥에 툭 하고 떨어졌다. 상자 속 물건들은 보기 좋게 복도 바닥으로 뒹굴었다.

뒤이어 쾅 하는 문 닫는 소리가 복도에 울렸다. 바닥에 나동 그라진 물건들은 무릎이 튀어나온 낡은 바지처럼 초라해 보였다. 이별을 거부하는 완강한 그녀의 몸짓에 당황했다. 예상치 못한 반응은 아니었으나 막상 닥치고 보니 내가 바보가 된 것 같았다. 허리춤을 낮춰 빠른 손동작으로 물건들을 주섬주섬 상자에 주워넣었다. 물건을 줍는 그 짧은 시간 동안 얼굴이 화끈거렸다. 상상한 것보다 훨씬 더 해결하기 어려운 복병들이 숨어 있었다. 이별을 담담히 받아들이면 되는 일인데, 인간은 참 복잡한 동물이었다. 감정이란 물건을 택배처럼 주고받을 수는 없는 노릇이지만 내가 할 일은 상대를 승복시키는 것이었다.

다시 정리된 상자를 방으로 밀어넣을 궁리를 했다. 상자를 들고 우두커니 서 있자니 서글픔이 밀려왔다. 두근거리는 마음을 가다듬고 마지막이란 심정으로 벨을 다시 눌렀다. 여러 번 벨을 눌렀음에도 안은 쥐죽은 듯 조용했다. 그 고요함이 자신감을 확 떨어뜨렸다. 다시 배에 힘을 주고 단호하게 목소리를 높였다.

"저도 직업상 일인지라 어쩔 수 없네요. 문 앞에 상자 두고 갑니다."

내가 애를 써서 될 일이 아닌 듯했다. 마지막 수단으로 그냥 상자를 문 앞에 두고 가기로 했다. 상자를 바닥에 놓으려고 허리를 굽힌 그때 문이 열렸다.

"잠깐 들어오세요."

그녀의 나지막한 목소리는 마치 성모 마리아의 음성처럼 들렸다. 다 죽어가는 환자가 소생 주사라도 한 대 맞은 듯 마음이 요동쳤다. 그녀는 담담한 표정을 지으며 순순히 방으로 나를 안내했다. 그녀의 얼굴에서 비장함과 결연함이 묻어나왔다.

방은 혼자 살기에 적당한 크기였다. 벽 쪽으로 붙은 붙박이 침대와 장식장, 식탁까지 모두 밝은 원목으로 되어 깔끔했다. 장식장에는 몇 권의 인문서와 소설들이 꽂혀 있었다. 그녀는 식탁 의자를 가리키며 내게 앉으라고 권했다. 나는 추억 상자를 식탁 위에 올려두었다.

"미안한데 옷 좀 갈아입어도 되죠?"

그녀가 내게 미리 양해를 구했지만 이미 그녀는 정장 수트를 벗고 있었다. 내게 등을 돌린 그녀는 긴 생머리를 위로 틀어올렸다. 그리고 붙박이장을 열고 옷을 걸어둔 후 보라색 실내복 스타일의 카디건과 바지를 꺼내 입었다. 그녀의 탐스러운 긴 생머리와 볼륨감 있는 실루엣을 보는 순간 탄력 있는 피부에 손을 대보고 싶은 충동이 일었다. 그녀의 몸매를

홈쳐보는 걸 들킬세라 눈길을 잠시 책장 쪽으로 돌렸다. 여자가 보기에도 균형 잡힌 몸매였다.

그녀가 어느새 내 옆으로 다가왔다.

"아까는 미안했어요. 잠깐만요. 차 한 잔 드릴게요."

그녀는 커피 메이커에 물을 부었다. 오랫동안 복도에 서서 마음을 졸인 탓에 갈증이 났다. 그녀가 차를 권하는 모습에 조금 마음이 놓였다.

식탁 위에 놓인 '벨라도나'라는 팻말의 화초를 발견했다. 키는 70센티쯤 되어 보였고 잎겨드랑이에 어두운 갈색 꽃이 피어 있었다.

"꽃이 참 고혹적이네요. 저는 식물은 잘 모르지만……."

나는 딱히 할 말이 없어 꽃에 대해 중얼거렸다. 그녀와 단둘이 있는 긴장감을 참기가 어려워 뭐라도 말을 해야 할 것 같았다.

치치치치. 물이 끓는 소리와 원두가 내려지는 물소리가 뒤엉켜 방 안은 생동감이 있었다. 그녀는 원두커피를 머그잔에 부은 후 잔을 들고 내게 다가왔다. 그녀는 포도송이 무늬가 있는 머그잔을 내게 내밀었다.

"꽃말은 아름다운 여성을 뜻한대요. 이탈리아 식물인데 중세 마녀들이 제일 좋아했다고 해요. 벨라도나 즙을 눈에 바르면 눈동자가 커지는데, 그 때문에 상대방에게 매력적으로 보이게 하는 힘이 있다고 믿었나봐요. 그래서 중세시대의 마녀들이 그 즙을 고약으로 만들어 사람들에게 팔았다고 해요."

"어쩜, 그럴듯하네요."

"그뿐만 아니에요. 여자들은 종종 그 고약을 사랑하는 남자의 피부와 눈에 발라주며 유혹했대요. 여자들이 원하는 남자들과 결혼하게 되면서 이 꽃은 '마녀들의 고약'이라고 불렸대요. 다 믿을 건 못 되지만……."

"꽃에 이런 전설이 숨어 있다니 신기하네요. 세상에 이런 고약이 있다면 정말 원하는 걸 다 가질 수도 있겠죠."

그녀가 갑자기 긴 한숨을 내쉬었다.

"이 고약이 진짜 존재한다면 원하는 사랑을 다 쟁취할 거예요. 마지막 인사마저 업체를 통해 전해듣는 거 굉장히 불쾌해요. 미안하지만 저 이 물건 받을 마음 없어요. 그가 간간이 결혼을 위해 소개팅을 받는다는 사실은 알았지만 이건 아니에요."

"그건 오해예요."

"뭐가 오해라는 거예요?"

"석원 씨의 결별 이유는 병원의 과중한 업무 때문으로 보여요. 현재 너무 지쳐 있는 상태거든요."

"그걸 진짜 믿는 거예요? 생각보다 순진하시네요."

강미후는 좀 전의 차분함과는 달리 격앙된 목소리로 말했다.

"이별 사유가 그렇다는 거죠."

"이제 지겨워졌다는 말이 더 솔직하지 않아요?"

"왜 그런 오해를 자꾸 하세요?"

"답답해서 그래요. 제가 그와 사귀는 동안 어떤 노력을 했는지 알아요?"

"노력요?"

"석원 씨가 클래식을 좋아하면 종일 클래식 음악만 들으며 다음 만남의 대화거리를 준비했고, 미술관에서 데이트가 있으면 종일 미술사 공부를 했어요. 그뿐인 줄 아세요? 요리와 제과제빵까지 배우며 그의 입맛을 사로잡으려고 노력했죠. 남들에겐 유치한 일이지만 저는 그의 취향을 위해 24시간 생각하고 또 연구했어요."

그녀의 노력에 그저 입이 벌어질 뿐이었다. 요즘 세상에도 이런 여자가 있다는 게 놀라웠다. 진짜 내 취향이 아니었다. 주체적인 삶을 살지 못하는 여자로 보였다. 아무리 사랑한다고 해도 그게 가능한 일인가. 자웅동체 커플을 꿈꾸는 것도 아니고 복잡 미묘한 게 인간이라고 하지만 이해 불가였다.

그와는 달리 닥터 황의 이별 사유는 너무 사소하고 싱거웠다. 그녀는 오랫동안 자신을 버리고 오직 누군가를 향해 헌신했다. 닥터 황은 업무의 과중함이란 이유로 이별을 결정했지만 그녀는 전 생애를 건 듯 진지한 감정으로 남자를 대하고 있었다. 이 괴리감을 어떻게 좁힐 수 있을까. 그녀가 쉽게 이별을 받아들일 수 없으리라는 사실이 내 목을 조여왔다. 잠시 머릿속이 혼란스러웠다. 이건 오히려 내가 설득당할 수 있는 상황이었다. 나는 닥터 황의 이별 매니저다. 이가을 정신 차려. 나는 다시 목소리를 가다듬으며 냉정을 되찾으려 애를 썼다.

"저…… 미후 씨 미안한데 지금 순애보 듣자고 여기 있는 게 아니잖아요. 요즘 남자한테 매달리는 여자 없어요. 그러니까 그냥 받아들이세요."

그녀는 내 업무적인 태도에 질렸는지 잠시 날 빤히 쳐다봤다.

"제 임무는 여기까지예요. 확인서에 물건 받았다는 사인 해주세요."

나는 어린애처럼 그녀에게 이별을 수용할 것을 재촉했다. 그리고 확인서를 내밀었다. 그러자 그녀는 확인서를 방바닥에 아주 가볍게 내던졌다.

"이 상자를 받게 되면 이별을 인정하는 거잖아요. 그에게 전해요. 아직 우리 관계는 끝난 게 아니라고요."

그녀가 차분한 눈빛으로 냉정하게 말했다. 이별을 받아들이는 일이 쉬운 게 아니라는 건 알았지만 이런 태도로 고집 부릴 일은 아니었다.

그 방을 나오며 인간 골동품을 발견한 느낌이었다. 휘발성 연애가 난무하는 세상에 저런 순애보가 있다니 믿을 수 없었다. 의사라는 상대의 사회적 지위 때문에 질기게 버티는 게 아닐까 하는 속물적 생각이 머릿속을 휘저었다. 요즘 사람들은 관계가 무르익을 즈음 달아나려는 성향이 있는데 그녀는 가시처럼 박히길 원했다. 난 또다시 거친 바람 앞에 휘어진 가지 마냥 축 늘어지는 기분으로 그 방을 나왔다.

5

"가을 씨, 오늘 의뢰인과 미팅 잡았는데 대신 좀 맡아줘. 난 다른 미팅이 잡혀서 어려울 것 같아."

유미가 내게 새로운 의뢰인을 하나 떠넘겼다. 의뢰인은 구청 공무원 도진우였다. 의뢰서에는 작가 지망생이라는 단어도 언뜻 보였다. 공무원과 작가 지망생, 묘한 조합이었다. 요즘 본업이 있으면서 또 다른 일을 준비하는 사람이 많다는 말이 사실이었다. 난 두 가지 직업을 꿈꾸는 사람들에게 호기심이 있었다. 의뢰서에 그가 이별할 대상을 적는 란은 비어 있었다.

점심시간이 지난 오후, 도진우의 집을 방문했다. 단독주택이 모여 있는 동네였다. 그의 집은 회색 돌로 단장한 아담한

2층 주택이었다. 1층 현관으로 들어서자 노부인이 2층으로 올라가보라며 안내했다.

2층 계단으로 올라가 중문을 살짝 두드리자 카키색 셔츠에 이마가 반쯤 보이는 남자가 문을 열고 나왔다. 그가 바로 도진우였다. 그와 첫인사를 나누며 누군가를 떠올렸다. 홍콩 배우 여명의 눈빛과 흡사 비슷해 친숙한 이미지였다.

"이가을 매니저님, 어서 오세요."

그는 자신의 방으로 나를 안내했다. 그의 방으로 들어서자 가장 먼저 책장이 눈에 들어왔다. 바닥에서 천장까지 브라운 계열의 책장이 성벽처럼 둘러쳐 있고 그 옆에 작은 사다리가 천장 가까이 이어져 인상적이었다. 벽 쪽에 놓인 간이침대조차 온통 잡지와 신문 등으로 가득했다.

나는 징검다리를 건너듯 발걸음을 사뿐사뿐 바닥에 내디뎠다. 책이 없는 방은 영혼이 없는 방이라고 했던 어느 작가의 말처럼 의뢰자의 정신세계를 눈앞에서 보는 듯했다.

"미안해요. 방이 너무 지저분하죠?"

그는 벽 쪽에 놓여 있는 작은 의자에 앉기를 권했다.

"책이 많아 놀랐어요. 글 쓰기 좋은 방이네요."

"부끄럽지만 글 한 줄 못 쓰는 단지 그냥 수집광이에요."

"저는 이상하게 방을 가득 채운 책이나 두툼한 대학노트를 볼 때면 괜히 마음이 설레는 버릇이 있어요."

"저랑 비슷한 취향이시네요."

이상하게 취향이 비슷하다는 말에 나도 모르게 미소가 새어나왔다.

"근데 제게 어떤 이별을 의뢰하실 건가요?"

빨리 화제를 일 얘기로 돌렸다. 사적인 이야기가 길어지면 곤란했다.

"아, 그거요. 바로 이 책들이에요."

"네에? 책이요?"

이별의 대상이 책이라는 사실에 조금 놀랐다.

"책이 뭔가 일상을 방해하나봐요?"

"여자친구 때문에요."

그는 점점 알아들을 수 없는 말을 해댔다.

"전 주로 골방에서 책 보는 걸 좋아해요. 그러다 보니 데이트도 주로 서점이나 도서관 열람실에서 하게 돼요. 단 하루도 책에서 벗어나기가 어려워서요. 근데 그 습관을 여자친구가 아주 싫어해요."

말하는 동안 그가 얼마나 책에 중독되어 있는지 알 것 같았다. 알코올보다 더 강한 게 활자의 유혹이라고 하지 않았던가.

"저도 사실 소설을 쓰고 싶은 열망이 한때 있었어요."

"아, 그래요? 그럼 제 기분 알겠네요."

"너무 잘 알죠. 책을 읽었으면 이제 토해내는 것도 나쁘진 않잖아요. 글을 읽는 자가 결국 쓴다고 하는 말이 있는데 쓰고 싶죠."

"매니저님이 글 쓰는 것에 대해 꽤 호의적이라 좋네요. 제 여친은 작가를 아주 경멸해요. 골방에서 글이나 써대는 아주 매력 없는 친구라고 생각하죠. 머릿속으로 상상이나 하는 비현실적인 사람 너무 싫대요. 차라리 웹툰 작가가 매력적이라고 하더군요. 그래서 그 친구가 좋아하는 곳에 자주 가려고 노력해요. 그 친군 활동적이라 저랑은 노는 곳이 많이 다르죠. 저도 노력 중인데 쉽진 않네요. 그러다 집으로 돌아오면 마음이 무거워요. 책에 대한 허기도 심하고요."

그의 이야기를 듣다 보니 자신의 삶을 송두리째 부정당한 채 누군가에게 끼워맞춘다는 게 조금 위험해 보였다. 자기를 다 버리면서까지 누군가에게 맞추는 일이 얼마나 피곤한 일일까.

"솔직히 세상 사는 데 책이 그다지 필요 없잖아요. 이상하게 책을 멀뚱히 쳐다보면 죄책감에 시달려요. 이게 바로 강박인가 싶어요. 직장에서도 이런 생각 때문에 자유롭지 못해 좀 괴롭죠. 그냥 평범하게 사람들과 어울리고 생각 없이 편하게 지내고 싶은데 맘대로 안 되니……."

"습관적인 활자 중독을 버리고 싶은 거죠?"

"그런 셈이죠. 이 서재만 사라진다면 여자친구하고 시시콜콜 다투지 않아도 되고 글을 써야 한다는 강박도 날릴 수 있을 것 같아요."

그의 얼굴이 붉어졌다. 나는 그가 정말 서재와 이별할 수 있을지 의문이었다. 매뉴얼에는 자신의 문제로부터 냉정하게 거리두기를 진행하라고 되어 있었지만 쉬운 건 아니었다. 책에 대한 끔찍한 기억을 되살리며 책과 정을 떼어내는 단계다.

"1단계로 이 책들과의 분리 작업이 필요해 보여요. 책들을 임시 보관소에 맡기고 서재를 비우세요. 텅 빈 서재에서 시간을 두고 자신을 지켜보는 것도 필요하지 않을까요? 다시 글을 써야 한다는 강박에 시달리는지도 확인할 사항이고요. 그런 후 보관소의 책들과 이별 의식을 치러내는 거죠."

그는 잠시 한번 서재를 둘러보더니 결심이 선 듯 내 의견에 고개를 끄덕였다. 나는 가방에서 계약서를 꺼내 그의 서명까지 빠르게 받아냈다.

"우선 이 책들부터 옮깁시다. 미적거리면 결국 갈등만 키

우고 어려워요. 책을 옮길 작업 날짜를 정해 제게 통보해주세요."

그는 책이 없는 세상을 꿈꿀 수 있어 개운하다는 표정을 지었다. 그와는 달리 나는 서재가 사라진다는 생각을 하니 좀 씁쓸했다. 내가 왜 그의 서재를 아쉬워하는 것인지 그 이유를 딱히 찾을 수 없지만 말이다.

그의 서재를 없애는 날이 돌아왔다. 그의 방에서는 묵은 종이 냄새가 났다. 그는 나를 보자 어색한 웃음을 지었다. 그 웃음이 왠지 불안해 보였다. 솔직히 말하면 이 서재가 없어지는 게 싫었다. 그러나 부정적인 느낌으로 그를 몰아야만 했다. 지극히 사적인 감정으로 일을 그르칠 수는 없었다.

"방에서 나는 책 향이 좋은데요. 아몬드 향 같기도 하고……."

"아 냄새요. 그건 종이가 갖는 화학적 분해 효과라고 들었어요."

빛이 없는 그의 방은 책을 읽기 좋은 공간이었다.

"컨테이너 업체는 알아보셨어요?"

"저…… 미안해요. 아무리 생각해도 책을 없애는 건

좀……. 아직은 망설여지네요."

그는 입꼬리를 내리며 표정을 굳혔다. 그의 변심에 마음이 조급해졌다. 이러다 그가 계약을 파기하는 건 아닌지 불안했다.

"글도 안 쓰면서 이 안에 갇혀 있으면 정신 건강에 좋지 않아요. 근데 왜 맘이 달라졌어요?"

"아버지 때문이에요."

"아버지요?"

"아버지는 아주 불같은 성정을 가진 분이세요. 어릴 때 아버지 앞에만 가면 기가 죽고 입이 얼어붙곤 했죠. 아버지는 제게 큰 기대를 가지고 계셨어요. 그 기대가 무너질 때면 아버지는 종종 분노를 참지 못했죠. 그때마다 저는 이 방으로 숨었어요."

"이유가 있었겠죠."

그는 다시 아버지 이야기를 이어갔다.

"이 서재에는 아버지가 보시던 책들도 많이 있어요. 종일 이곳에 갇혀 책을 보다 스르르 잠이 들곤 했어요. 시간이 늦도록 이 방에서 책을 보는 나를 보며 아버지는 어째서인지 화를 내지 않았어요. 그때부터였어요. 내가 책을 내 인생 안으로 끌어오게 된 시점이요. 제가 만난 책 속의 주인공들은 현실 속 인물보다 만만하더라고요. 아버지에게 보호받는 기분처럼 이런 책 더미들이 날 보호하는 신기한 독서 체험을 했어요."

그는 아주 담담히 읊조렸다.

"여자친구에게 막상 약속은 했지만 정작 이 서재를 정리한다는 게 어쩐지 내키질 않네요. 제가 좀 별종이죠?"

"별종은요. 그럴 수 있죠. 저 역시 집이 싫어 한동안 만화책에 몰두한 경험이 있어서 그 기분 잘 알아요."

"참 이상한 건 방 안에 책이 쌓이면 쌓일수록 황홀했어요. 근데 문제는 책이 삶보다 우선되어 어느 날부터 날 지배해가더군요."

그는 담배를 꺼내 물더니 표정이 점점 심각해졌다. 그의 표정으로 보아 아직 책들과 헤어질 준비가 되지 않은 듯 보였다. 그가 담배를 피우는 동안 앤디 앤드루스의 《용서에 관한 짧은 필름》이란 책이 눈에 들어왔다. 그 옆에 알리 스미스의 장편소설도 비스듬히 겉표지가 삐져나와 있었다. 그는 책 수집가였지만 책 수집은 꼭 비관적인 습관만은 아니었다. 내 눈에는 그가 먹어치운 책들을 토해내는 작가로 충분히 변신할 수 있는 소질이 있어 보였다.

그의 책상에서 핸드폰 진동이 울렸다.

"잠시만요."

그는 내게 양해를 구하고 전화를 받았다. 통화 내용으로 봐서는 그의 여자친구가 분명했다. 오늘 저녁 약속을 정하는 듯 보였다. 한동안 둘의 통화는 이어졌고 통화가 끊어진 후 나는 그의 집을 나왔다.

그의 집을 나오며 도진우와 그의 여자친구의 감정을 어렴풋이 느낄 수 있었다. 그가 서재를 없애는 데 동의할 수밖에 없겠다는 예감이 들었다. 이상한 건 내 마음이었다. 그의 서재가 사라진다는 게 마음을 무겁게 짓눌렀다. 서재를 없애는 일이 내 할 일이지만 만약 그가 서재를 없앤다면 서운할 것 같았다. 이게 무슨 이중적 감정인지 모르겠다. 이상하게 그의 서재는 내 마음에 잔상으로 남았다. 내 마음에 일렁이고 있는 바람의 정체를 알 수 없었다.

이가을 정신 차려! 현실을 똑바로 보라고. 지금 무슨 생각하고 있니?

사실 나는 대학 재학 중 학기 초마다 진행되는 미팅에도 나가지 않았고 동아리 모임도 참여하지 않았다. 대학생이 되면 한 번쯤 간다는 클럽에도 선뜻 따라가지 못했다. 엄마는 그런 나를 염려했다. 엄마는 남자를 모르는 것이 인생에서 큰 손해를 보는 것처럼 말했다.

'네 나이는 하룻밤이 한 시간처럼 느껴질 나인데, 넌 벌써 인생을 수행자처럼 살고 있어. 그게 말이 되니?'

엄마는 세상이 달라진 걸 몰랐다. 혼자서도 재미있게 시간을 보내는 방법들은 많았다. 30년 전 아버지를 만나던 시간, 딱 거기에서 엄마의 삶은 멈췄다. 엄마는 늘 혼자인 내 모습을 불안하고 위태롭게 보았다. 세상에 태어났으면 무조건 짝을 찾아야 한다는 것이 엄마의 지론이었다. 나는 가끔 그런 엄마에게 물었다.

"그래서 아빠 같은 사람 만난 거야?"

"아빠를 만났으니 너 같은 예쁜 딸 낳았지. 그걸로도 된 거야."

엄마가 그런 말을 할 때면 난 은근히 부아가 났다. 엄마는 눈앞에 있는 딸이 무엇을 두려워하며 자랐는지 알아?

그 말을 하고 싶었지만 차마 그 말만은 하지 못했다. 그 말이 엄마를 많이 아프게 할 거란 사실을 알고 있었다. 엄마 스스로 자신의 사랑에 당당한 것, 그것을 봐주는 것만으로 나는 딸 노릇을 다하는 것이었다.

어릴 때부터 제일 듣기 힘들어하던 질문은 '아버지 뭐 하시는 분이니?'라는 말이었다. 초등학교 입학 무렵, 아버지는 우리 집에 발길을 완전히 끊었다. 아버지의 그림자를 볼 수 없게 되자 엄마는 아버지와 바닷가에서 찍은 사진 하나를 언제나 들여다보곤 했다. 엄마는 첫사랑의 기억을 반복해서 떠올렸다. 아무리 먹어도 물리지 않는 음식처럼.

아버지가 엄마를 만나게 된 건 군 제대 직후였다. 친구들과 어울려 우연히 남해로 여행을 갔던 게 인연의 시작이었다. 아버지는 하룻밤 묵고 갈 민박집을 찾게 되었고 그 집이 바로 엄마가 살던 빨간 양철 대문이 있는 집이었다.

남해에 일주일간 머물렀던 아버지는 민박집 딸인 엄마와 잠시 눈이 맞아 친구들이 먼저 떠난 후에도 혼자 일주일을 더 남아 엄마와 짧은 연애를 했다. 아버지가 서울로 떠나던 날, 아버지는 엄마에게 집 전화번호가 적힌 쪽지를 징표처럼 주며 서울 오게 되면 한번 전화하라는 습관적인 말을 건넸다. 그건 아버지의 카사노바 기질이었다. 하지만 숙맥이었던 엄마는 그 말을 믿고 기어이 아버지를 찾아 서울로 올라왔다.

엄마의 전화를 받던 날, 아버지는 엄마의 서울 상경을 믿지 못해 몇 번이나 정말? 정말요? 하고 말했다고 했다. 정말…… 을 어찌나 반복하던지 엄마는 그만 울음을 터뜨리고 말았다. 아버지는 엄마가 남해에서 자신을 찾으러 작정하고 올 줄은 상상도 못했던 모양이다. 아버지가 건넨 쪽지는 영혼 없는 전화번호일 뿐이었으니까. 이 순진무구한 남해 처녀가 서울 한복판에 겁 없이 나타났을 때 이미 아버지의 마음에 다른 여자의 분 냄새가 살랑살랑 불고 있었다.

아버지는 엄마가 심하게 울어버리는 통에 주저할 수밖에 없었다. 그래서 아버지는 변두리에 작은 방 하나를 마련해주고 취직을 시켜주면 별일은 없겠다는 안일한 생각을 했다. 더구나 가끔 그 방에 들러 육체적 욕망을 해갈할 수 있는 즐거움도 나쁠 건 없었다.

엄마는 작은 방 하나로 만족했다. 아버지의 숨겨진 여자라는 사실이 그다지 싫지 않았다고 했다. 그렇게 해서라도 아버지 곁에 바짝 붙어 있고 싶었던 엄마. 그러다 덜컥 임신이 됐다. 아버지의 비극이 시작되는 지점이었다.

아버지는 엄마의 임신 사실을 전혀 눈치채지 못했다. 임신 7개월이 다 될 즈음에야 불러오는 엄마의 배를 보고 얼떨떨해하며 겁까지 냈다. 아버지는 엄마에게 중절할 것을 요구했지만 엄마는 완강히 거절했다.

"애 낳을 거예요."

"혼자? 서울 바닥에 아는 사람 하나 없이?"

"왜 아는 사람이 없어요? 당신 있잖아요?"

"난 없는 사람으로 쳐."

"있는 사람을 왜 없는 사람 취급해요?"

"앞으로 없을 거니까."

아버지는 자신이 한량이고 얼마나 형편없는 종자인지 엄마에게 매일 읊었다고 했다. 엄마 스스로 포기하기를 간절히 원했으니까.

"애를 지우기엔 너무 늦었어요."

"병원에 알아봤는데 주사 맞고 돌려서 다 지울 수 있대."

"그건 살인이에요. 심장이 뛴다고요. 자, 이 배를 만져봐요."

"세상 사람들이 다 하는 일이야."

아버지의 우격다짐에도 불구하고 엄마는 애를 낳아버리고 말았다. 엄마는 분홍빛 두상을 가지고 태어난 나를 보며 해산의 고통도 과일의 단맛처럼 느꼈다고 했다. 아기의 평화로운 숨소리에 안도했고 반짝거리는 검은 눈동자를 보며 뭔가 쟁취한 느낌까지 들었다고도 했다.

"이 아일 좀 봐요."

엄마는 아기를 아버지 얼굴에 들이밀며 자랑스러워했다.

잠시 후 아버지는 갓난애를 힐끗 보며 말했다.

"애 얼굴이 너무 빨개. 원래 이런 거야?"

아버지가 내게 처음으로 한 말이었다. 아버지에게 신생아는 아무 감흥이 없었다. 아기가 엷게 웃는 모습을 보며 자신이 아버지라는 사실을 믿고 싶지 않아 했을 뿐이다. 아버지는 결국 내가 두 살이 되던 해 다른 여자와 결혼을 했다. 상대 여자는 아버지와 같은 대학에 다니는 동창이었다. 그리고 다섯 해 더 지난 후 우리와 영영 이별하였다.

6

"이별 박람회요? 그런 게 다 있어요?"

회사에 출근하자마자 듣게 된 사장의 새로운 제안에 조금 놀랐다. 생전 처음 듣는 박람회였다.

"세상에 없는 걸 만드는 게 바로 사업이야. 길이 없으면 먼 저 내는 놈이 임자란 말이지. 사람들에게 이제 감정까지 대 리해줄 수 있는 회사가 있다는 걸 홍보하는 게 제일 중요해. 이 바쁜 사회에서 불필요한 감정을 해결해준다는 거, 얼마나 멋져! 로봇이 할 수 없는 일일걸. 관계를 잘 못하는 사람들의 구미에 맞는 새로운 이별 문화를 선도하는 거지."

"정말 그런 생소한 박람회에 사람들이 모일까요?"

사장의 무모한 의견에 반신반의했다.

"그건 모르는 소리. 때로는 무모함이 가장 안전할 수 있다는 걸 모르네. 지금은 누구나 관계를 맺고 끊는 걸 힘들어해. 누군가 고리를 확실하게 끊어주길 기다리는 사람들이 분명히 있어. 우린 그들의 불편함을 해결해주는 첨단 비즈니스지."

"사장님의 아이디어는 톡톡 튀지만 너무 확신이 넘쳐 오히려 불안해요."

"이 세상에 확실한 건 하나도 없어. 모든 건 부딪혀야 답이 나온다고."

사장은 그 어떤 것도 불도저 같은 힘으로 밀어붙일 태세였다. 때론 그런 무모함에 나도 모르게 끌려가게 될 때가 있다. 가끔 사장이 어떤 사람일까 궁금했다. 떠올려보면 독신이거나 이혼남일 것 같았다. 사장은 지금까지 자신의 사생활에 대해서는 입을 열지 않았다. 한 가지 분명한 건 이별을 파는 회사를 정상의 회사로 키워내고자 하는 의욕만큼은 넘쳐난다는 것이었다. 사람들의 관계를 끊어주며 돈을 받는 세상, 그 일에 나도 동참하고 있다는 사실이 가끔 믿어지지 않을 때가 있었다.

점심을 먹은 후 사무실로 돌아왔다. 나른한 기분 때문에 일에 집중이 되지 않았다. 얼마 전 사장 친구가 베트남에서 보내줬다던 콘삭 커피를 내려 마시며 강미후에게 전화를 넣을지 잠시 생각에 잠겼다. 커피를 다 마시기도 전에 휴대전화 번호를 눌렀다. 그녀의 휴대전화는 꺼져 있었다. 황의 이별을 말끔히 처리하지 못해 마음이 무거웠다. 어떡하든 빨리 마무리를 지어야 한다. 어쩌면 내가 나서는 것보다 황이 나서는 게 훨씬 일 처리가 깔끔할 것 같지만 그럴 수는 없었다. 그건 결국 내 발등 찍는 꼴이 될게 뻔했다.

유미가 내게로 다가와 조용히 속삭였다.

"우리 사장 미친 거 아냐?"

"왜에?"

"이별 박람회, 가능키나 한 거야? 배너광고 올린 지 보름이 다 돼가는데 의뢰인이 생각만큼 늘질 않아. 이런 식으로 가다간 이번 달 월급도 못 받고 나갈까봐 두려워."

유미는 이런 상황이 마뜩잖다는 듯이 투덜댔다.

"그럴 리가? 일단 박람회라도 열어보는 건 나쁘지 않아. 우리가 새로운 문화를 만들어가는 것도 공격적인 마케팅이야."

"정말 그 방법으로 고객이 늘면 다행이지만, 의뢰가 끊기면 집에 면목이 안 서. 그러지 않아도 구멍가게 같은 회사 갔다고 못마땅해하셔서."

"하긴 아직 자릴 못 잡은 회사라 시한폭탄을 안고 다니는 꼴이지. 어쩔 수 없잖아. 당분간 감수해야지 뭐."

나는 애써 유미의 불안한 마음을 위로했다.

오후가 되자 사장은 회의를 하자며 원탁 테이블로 모이라고 했다.

"이번 박람회 장소는 디비타워 1층이야. 홍보 자료 만들고 돌릴 거니까 마음의 준비 단단히 하라고. 아, 그리고 친구들에게 앱을 깔 수 있도록 홍보 좀 하고."

사장은 이번 박람회에 인생을 걸었다는 듯이 비장한 얼굴이었다. 자신이 계획했던 일이 척척 진행되고 있다는 사실에 고무된 듯 보였다.

"친구나 선후배, 학연, 지연 동원할 수 있는 건 다 해봐! 회사는 나 혼자만의 회사가 아니라 그대들의 운명도 함께 걸려있다는 거 명심하고!"

사장은 이 회사의 운명이 우리에 의해 결정날 것처럼 떠들었다. 사장의 마케팅 방식이 너무 주먹구구로 보였다.

"사장님 회사 좋자고 인맥 동원하는 건 민폐가 될 수 있어요. 요즘 그런 거 안 통해요."

유미가 불만스럽다는 듯이 말을 꺼냈다.

"지금 죽고 못 사는 연인들 떼어놓으라는 소리가 아니잖아. 습관적으로 만나는 연인들 말이야! 권태기 커플들 즐비하잖아. 그리고 회사에 이별 서비스만 있는 것도 아니고 습벽 서비스도 홍보해보라는 거지. 고질병은 누구나 한 가지씩 있기 마련이니까. SNS를 활용하는 것도 나쁘지 않지. 유튜브 방송 제작도 해볼 필요가 있어."

사장은 우리들의 사고방식이 답답하다는 표정을 지으며 사무실을 나갔다. 사장이 나간 후 유미와 나는 휴대전화를 꺼내 친구들과 선후배의 명단을 살펴보았다.

"아우, 짜증나. 이런 일에 친구들까지 끌어들여야 해?"

유미는 사장의 막무가내로 지시한 업무에 대해 불만이 잔뜩 쌓인 모양이었다.

"그러게요."

주은이 유미의 말을 거들었다.

"이 일에 친구까지 끌어들이면 앞으로 난 동창회 못 나가."

유미는 아예 단정을 해버렸다. 작은 회사에 들어온 이상 공사 구분이 없는 건 각오를 한 일이지만 막상 닥치고 보니 꼼짝없이 할 수밖에 없는 상황이었다.

늦은 오후, 황에게 전화가 걸려왔다.

"일 처릴 어떻게 한 거예요? 진짜 통보한 거 맞아요? 전화질에 병원까지 찾아와 기다리는 통에 얼마나 피곤한 줄 알아요?"

닥터 황은 전화를 받자마자 화부터 버럭 냈다.

"죄송합니다. 조금만 더 시간을 주세요. 아직 설득 과정이거든요."

"이럴 거면 내가 직접 하지 뭐 하러 의뢰해요? 이번 주까지 해결 안 하면 나머지 입금 절대 못합니다."

닥터 황은 입금 불가라는 최후의 통첩을 하며 전화를 끊었다. 한동안 귀가 멍멍했다. 첫 의뢰인부터 삐걱거리는 게 예감이 좋지 않았다. 하루에도 수없이 흔들리는 마음을 도대체 어떻게 잡으라는 건가.

"가을 씨, 도진우 씨 의뢰건 마무리되고 있어?"

이번에는 사장이 도진우의 의뢰 건을 추궁했다. 순간 사장의 눈을 쳐다볼 수 없어 창 쪽으로 눈길을 피했다. 사장은 시원한 답을 들어야겠다는 사람의 눈빛으로 내게 재촉했다.

"아직 결심이 선 것 같지 않아요."

"그럴 때일수록 강하게 밀어붙여야지. 이런저런 사정 봐주면 일의 진행이 더뎌지는데. 걸려오는 의뢰 전화 성사 못하

82

면 다 된 밥상 차버리는 격이야."

사장은 의뢰 건을 이번 주 안에 매듭지으라는 지시를 하며 사무실 밖으로 나갔다. 내가 밀어붙이지 못하는 이유를 잘 모르겠다. 사심이라도 발동된 건지 도통 마음을 알 수 없어 혼란스러웠다. 그 마음이 사실이라도 그를 몰아붙여야 했다.

이번 주 내내 도진우의 전화를 기다렸다. 나는 그의 결정을 기다리고 싶었다. 내가 왜 그의 서재를 탐내는지 의아했다. 지난 방문 때 묻지도 따지지도 말고 그냥 서재의 책들을 용달에 싣고 쓰레기 하치장으로 갔어야 했다. 그를 다그치지 못한 게 패착이었다.

오후가 되자 사장은 외근을 나가고 유미 역시 상담이 있다며 의뢰인을 만나러 나갔다. 사무실에는 주은과 나만 남아 무료하게 시간을 보냈다. 나는 이어폰에서 흘러나오는 음악 볼륨을 조금 높이며 강미후를 떠올렸다. 오늘은 진짜 강미후와 결판을 내야 할 상황이었다. 누군가를 갈라놓는다는 게 이렇게 힘든 일인지 알았다면 난 이 일을 시작도 안 했을 것 같다. 아직 내 책상 위엔 강미후의 추억 상자가 덩그러니 놓여 있다. 상자를 들고 강미후의 오피스텔을 나오던 날, 그냥 상자를 두고 왔어야 했다. 그러지 못한 것이 지금에 와서야 후회가 되었다. 이별 수락 확인증에 서명까지 받으려면 갈 길이 먼 셈이다. 감정은 물건을 사고파는 것처럼 깔끔하게 처리되지 않았다.

그녀의 핸드폰 번호를 누르자 브라이언 페이의 곡이 줄기차게 흘러나왔다. 막연히 해석해보면 이런 의미였다.

'잊지 말아요. 키스는 키스일 뿐 한숨은 한숨일 뿐……'

실연자에게 어울리는 곡이었다. 곡이 몇 번이나 도는 동안 그녀의 음성을 들을 수 없었다.

H홈쇼핑 사옥에 도착했다. 생방송이 방금 끝났는지 로비에는 관계자들로 보이는 사람들이 삼삼오오 몰려나와 있어 어수선했다. 그녀가 있다는 상품 구매부로 올라갔다. 히트 상품들의 포스터가 복도 벽에 붙어 있었고 포스터 속에 광고 상품들은 눈에 익숙했다. 엄마와 내가 즐겨 보던 채널인 탓인지 긴장이 사라졌다.

상품 구매부 문을 열자 사무실 대각선으로 강미후의 얼굴이 살짝 보였다. 그녀는 마침 누군가와 상담 중이었다. 상담 책상 위에는 빨간 스프 용기가 보였다. 그녀가 이번에는 신제품 스프를 론칭할 모양이었다. 그녀는 다행히 나를 보지 못한 듯했다. 나는 사무실 창 쪽으로 놓인 빈 의자에 앉아 그녀의 상담이 끝나길 기다렸다. 스프의 맛을 간간이 입안으로 음미하며 상담하는 그녀의 모습이 프로 호스트 같았다. 그녀를 우두커니 기다리는 내 모습이 순간 초라해 보였다. 꼭 길거리에서 강매를 권유하는 잡상인 느낌이랄까. 그때 강미후가 자리에서 일어서며 나와 시선이 딱 부딪쳤다. 그녀를 보자 무의식적으로 나도 모르게 벌떡 일어서고 말았다.

"안녕하세요?"

그녀는 낯선 이의 방문에 놀란 듯 주춤거렸다.

"전화 안 받으셔서요."

난 조금 멋쩍게 말을 건넸다.

"제가 좀 바빠요. 마감이라서 정리할 것도 있고요."

그녀는 내게 시선도 주지 않으며 책상을 빠르게 정리했다.

"잠깐이면 돼요. 어차피 퇴근하실 거잖아요."

나는 어린애가 엄마를 조르듯 애교스럽게 말꼬리를 질질 끌었다.

"저녁 안 하셨죠?"

식사를 하면서 그녀를 회유해야겠다는 생각이 퍼뜩 떠올랐다. 그녀는 묵묵히 책상 위에 놓인 상품들을 정리한 후 대꾸조차 하지 않고 사무실 밖으로 휑하니 나가버렸다.

결국 난 스토커가 되기로 했다. 그녀의 뒤를 졸졸 따라 회사 밖 도로까지 나오는 데 성공했다. 거리로 나오자 그녀가 뒤를 돌아보며 앙칼지게 쏘아붙였다.

"왜 사람 귀찮게 졸졸 따라다녀요!"

그녀의 예민한 반응에도 굴하지 않고 밝게 웃으며 강미후의 팔을 강제로 끌고 근처 카페로 들어갔다. 다행히 그녀는 내게 몸을 맡기듯 마지못해 카페 안으로 들어섰다. 나는 그녀의 마음이 변하기 전 재빨리 간단한 샌드위치 세트 메뉴를 시켰다. 그녀와 마주하고 샌드위치를 먹을 기분은 아니었지만 황의 독촉 전화를 받을 순 없었다.

잠시 후 샌드위치 메뉴가 나왔다. 내가 맛도 느끼지 못하고 씹는 동안 그녀는 샌드위치는 입에 대지도 않고 커피만 마셨다. 그녀는 애써 내 시선을 피했다. 볼륨감 있던 몸은 어느새 가냘픈 몸으로 변해 살짝 건드리기만 해도 부서질 것 같았다. 한입 베어 문 샌드위치가 목에 걸려 쉽게 넘어가지를 않았다. 서둘러 커피를 한 모금 먹은 후 껄끄러운 이야기를 먼저 꺼냈다.

"미후 씨, 헤어짐을 받아들이는 게 참 힘들죠?"

그녀는 커피를 여러 번 입에 댔다 뗐다를 반복했다.

"그 사람을 만나지 않고는 아무 답도 줄 수 없어요. 그가 날 피할 이유가 없잖아요."

"미후 씨, 참 답답한 거 알아요? 좋아하는 게 이유가 없듯이 싫어지는 것도 이유가 없어요. 그리고 진실을 알아 뭐 하게요. 불편한 진실을 두 귀로 직접 듣는다고 달라지는 건 없어요. 그동안 좋은 감정 나누고 즐거웠으면 된 거 아니에요?"

"가을 씨, 사랑 안 해봤죠? 사랑하는 사람과 헤어진 경험도 없고? 그러니까 내 감정을 이해 못하죠."

그녀는 내가 남자 경험이 없다는 사실을 간파했고 난 그 말에 좀 당혹스러웠다. 그래도 물러설 수 없었다.

"공감까지 가면 일 못하죠. 남자의 애정은 육체의 만족을 취한 순간부터 급격히 떨어진다는 것 정도는 알아요."

나는 표정 없이 차갑게 내뱉었다.

"그 말 책에 나온 말 아니에요?"

강미후도 지지 않고 말을 되받아쳤다.

"그렇게밖에 말 못해요? 저는 사람이 싫어지면 머리끝부터 발끝까지 다 밉게 보여요. 그럴 때는 감정의 유통기한이 다 된 거예요."

"당신이 우리 관계에 대해 뭘 안다고 조언이에요. 다른 사람 입으로 이별 통보받는 이 거지 같은 기분 당신이 알아? 지금 이 짓은 사춘기 학생이나 온몸을 석고붕대로 칭칭 싸매서 움직일 수 없는 사람이나 하는 짓이라고!"

그녀는 뚫어지게 나를 응시하며 곧 울음을 터뜨릴 듯 소리를 질렀다. 내 마음 한구석에서 그녀의 말을 부인할 수 없다는 음성이 들렸다. 그렇다고 맞장구를 칠 수도 없는 노릇이었다.

인스턴트 연애가 다 그렇지 뭐. 지금 이 시대에 사랑이 어디 있나.

난 속으로 이런 생각을 했다. 남녀가 만나는 순간부터 머릿속 계산기를 두드리는 요즘, 사랑을 찾겠다는 강미후가 너무 순진해 보였다. 휘발성 연애를 즐기는 시대에 진지함은 어울리지 않잖는가. 강미후는 닥터 황에게 단지 무료함을 달래는 일회성 연인일 뿐이다. 정말 황이 예의 있는 인물이라면 연인과 헤어지는 방법은 단 하나. 직접 만나서 정중하게 말하는 것. 그것이 연인을 위한 마지막 배려일지 모른다. 그러나 의뢰인이 아무리 파렴치한이라도 대놓고 험담할 수 없는 처지다. 이건 감정의 문제가 아니라 영업이고 돈이라는 사실을 망각해서는 안 된다. 상대방의 논리에 휘감겨 끌려가지 않기 위해 마음 단속이 필요했다.

"이별은 유감이지만 구질구질하게 감정싸움 그만하고 정리하죠. 시간 끌 일이 아니잖아요. 떠난 기차 뒤꽁무니를 바라보는 미련은 그만두시죠. 병원 가서 닥터 황 괴롭히는 일도 그만하시고요. 추억 상자 여기 두고 갈게요. 의뢰인의 목소리가 담긴 파일이 안에 있을 거예요. 이게 조금 위로가 될지 몰라요. 전 이것으로 황석원 씨와 강미후 씨의 관계가 정리되었음을 의뢰인에게 알릴 겁니다."

약해지려는 마음을 겨우 다잡으며 이별 매니저답게 최종 통보를 했다.

"지금 내가 누구 마음이나 구걸하는 것처럼 보여!"

그녀가 갑자기 나를 올려다보며 앙칼지게 쏘아붙였다. 그녀의 목소리가 카페를 울렸다. 주위의 시선이 잠시 우리에게 쏠렸다. 카랑카랑한 목소리에 당황이 되었지만 나 역시 이대로 물러설 수 없었다. 나 역시 목을 가다듬고 다시 한번 지금 이 상황을 확인시켰다.

"의뢰인에게 마지막으로 전할 말 있으면 지금 하세요."

그녀는 막무가내로 이별을 사실화하는 내 말에 얼이 나간 듯 아무 말 없이 상자만을 응시했다. 잠시 후 그녀가 내게 말했다.

"집에서 결혼 서두른다는 거 알아요. 차라리 이런 식의 통보가 아니라면 받아들일 수도 있었어요. 헤어질 때 헤어지더라도 이건 아니에요."

"미후 씨, 잘 들어요. 제가 이 일로 얼마나 더 매달려야 해요? 생각할 시간 충분했고 의뢰인의 의중도 전달드렸어요. 그 이상 뭐가 필요한 거죠? 깔끔하게 여자의 자존심 지키며 그만 정리하시죠?"

그녀와 더는 말씨름을 하고 싶지 않아 인수증을 내밀었다. 그녀는 내가 내민 인수증 서명란을 골똘히 바라만 보며 어떤 액션도 취하지 않았다. 나는 재차 독촉했다.

"사인 안 하신다고 달라질 건 없어요. 그냥 인증샷으로 남길게요."

테이블 위에 놓인 추억 상자와 그녀의 얼굴이 함께 나오도록 휴대폰을 꺼내 사진을 찍었다. 그녀의 허락을 기다릴 만큼의 인내심이 없었다. 사진을 찍는 동안 그녀는 어떤 미동도 없이 석고처럼 굳어진 표정으로 앉아 있었다. 빠른 손놀림으로 사진을 다 찍은 후 인사도 하지 않고 부리나케 카페를 나왔다.

카페를 나온 후 창밖에서 힐끗 그녀를 보았다. 그녀는 여전히 자리에서 일어설 생각을 하지 않았다. 굳어진 낯빛으로 테이블 위에 놓인 상자를 뚫어지게 보고 있었다. 그녀는 오래된 박물관의 오브제처럼 보였다. 절망감이 밑에 깔린 그녀의 눈이 흑백사진처럼 내 마음에 찍혔다. 남의 이별에 끼어들었다는 사실이 이렇게 무거운 기분인지 처음 알았다. 대부분 여자의 헤어지자는 고백은 '나 힘들다. 지금 붙들어줘'라는 투정의 의미가 더 강했다. 그러나 대부분 남자의 이별 선언은 '나 지겨워! 그만 놔줘!'의 의미에 더 가까웠다. 닥터 황은 강미후에게 미련이 털끝만큼도 없어 보였다.

지하철역으로 걸어가는 사이 여름비가 추적추적 내리기 시작했다. 샌들이 젖어 질척거렸다. 장화를 신고 나오지 않은 게 후회가 되었다. 더구나 일기예보를 확인했는데도 우산을 챙겨 오는 걸 깜박했다. 길을 걷는 동안 빗방울이 점점 더 굵어졌다. 지하철역이 보일 때까지 정신없이 뛰었다.

역사 안으로 들어서자 머리가 비에 젖어 빗물이 얼굴로 흘러내렸다. 나는 빗물을 손으로 닦아내고 핸드폰을 꺼내 들었다.

[황석원 님, 강미후와의 이별이 마무리되었습니다.]

문자와 인증 사진을 황에게 보냈다. 문자를 보낸 내 기분은 비에 젖은 옷처럼 눅눅했다. 일을 마무리했는데도 영 개운치 않았다. 우울한 감정이 온몸에 축축한 빗물처럼 달라붙었다. 강미후와 마주했던 이 장소를 빨리 벗어나야겠다는 생각에 발걸음이 빨라졌다.

저녁 9시쯤 집에 도착했다.

이미 온몸에 비를 흠씬 맞은 뒤라 몸이 무겁고 한기가 느껴졌다. 축축한 옷을 벗어 던지고 욕실로 가서 뜨거운 물로 샤워를 하며 좀 전의 일을 말끔히 지우려 했다. 물기 젖은 머리를 수건으로 말은 채 방으로 들어와 침대에 누웠다. 머리 말리는 일조차 귀찮아 수건을 머리에 쓴 채 누워버렸다.

이어폰을 귀에 꽂자 스팅의 〈My One and Only Love〉가 흘러나왔다. 창에는 빗방울이 좀 전보다 더 굵게 내리치고 있었다. 오늘 일과를 정리하려 다이어리를 꺼냈다. 다이어리 안에는 작가 미상의 글귀가 쓰여 있었다. 어디서 보고 베꼈는지 떠올릴 순 없어도 어느 순간 마음에 들어 옮겨놓았던 글귀였다.

추억은 하나의 세계다. 추억의 세계 안에 이별 이후의 너는 없다. 이별 이전의 너만이 그 안에 있다. 나는 그 과거의 시간을 꼭 껴안고, 그 안의 너를 꼭 붙든다. 그리고 돌아서서 그 시간의 문을 닫는다. 너마저도, 그 이후의 너마저도 나는 입장을 금지시킨다. 너만이 아니다. 나마저도, 지금의 나마저도 입장시키지 않는다. 그래서 추억의 시간 안에는 이전의 너와 나만이 있다. 지금 여기서 추억하는 나는 그 추억의

공간 외부에 있다. 추억을 할 때마다 외로운 건 그렇게 굳게 닫힌 추억의 문 때문이다. *

글귀를 읽다 보니 마지막 문장이 제일 와닿았다. 그녀가 굳게 닫혀버린 추억의 문 때문에 괴로워하고 있다. 나는 그런 그녀에게 추억의 문을 닫게 해준 존재다. 그녀에게 이별을 강매하고 도망친 느낌을 지울 수 없었다. 그녀가 내게 했던 말들이 떠올랐다.

'사랑해본 적 없죠?' 어쩌면 그녀의 말처럼 난 사랑의 불구자인지 모른다. 진정한 사랑을 원한다면 결코 시험을 두려워하지 말아야 한다는 격언을 본 적 있다. 사랑과 이별은 실과 바늘처럼 떨어질 수 없는 관계 아닐까. 사랑의 시간 이후 필연적으로 이별의 시간도 뒤따라온다. 이 현실을 부정하는 게 사람의 마음 아닐까. 외로움이란 누군가에게 제일 중요한 사람이 되지 못한다는 느낌에서 유래한다던 헬레네 도이치의 말이 떠올랐다. 나는 아버지에게조차 중요한 사람이 되지 못했다. 그 어떤 남자에게도 오롯이 그 한 사람이 되지 못할 것 같은 두려움이 마음 안에 도사렸다.

---

* 《이별의 푸가》, 김진영, 한겨레출판, 2019, 34쪽

창가에 빗물이 툭툭거리며 부딪치는 게 마음을 두드리는 것 같다. 이 시간 누군가는 저 비를 몽땅 맞고 거리를 헤매겠지. 혹시라도 추억 상자가 비를 맞아 땅바닥으로 우르르 쏟아졌을지 모른다. 그녀가 상자 속 물건들을 거리에 그대로 방치한 채 집으로 간 건 아닐까. 그녀에 대한 부정적인 상상으로 머릿속이 온통 복잡했다. 개운치 않은 기분이 꼬리에 꼬리를 물고 엿처럼 끈적끈적하게 들러붙었다. 어차피 의뢰인의 이별 대상은 모두가 나에게는 소모품이나 마찬가지였다. 다시 만날 일도 없고 감정의 자투리를 마음에 담아둘 이유가 없었다. 이미 시작된 일이고 내가 아니라도 둘의 관계는 끝날 일이었다. 그리고 김광석의 노래처럼 우리는 매일 이별을 하며 살고 있다.

7

일주일이 지나도록 도진우로부터 전화가 없었다. 사장의 질책은 이어졌고 초조함으로 마음의 한 축이 무너져버린 느낌이었다. 일에 능률도 오르지 않았으며 코카인을 흡입한 사람처럼 정신이 몽롱했다. 더구나 안구를 찌르는 듯한 통증까지 나를 괴롭혔다. 인공 눈물을 몇 방울 떨어뜨려보았다. 그나마 통증이 좀 멎는 듯해 마음을 추스르고 도진우에게 전화를 넣었다. 신호음이 세 번이 채 울리기도 전에 그는 전화를 받았다.

"도로나 이별의 이가을이에요. 연락이 없으셔서요."

"아, 네. 여친이 잠수타는 바람에 머릿속이 좀 복잡했어요."

"그러게 제가 뭐랬어요. 빨리 서재를 없애자고 했잖아요."

망설이는 그를 밀어붙일 절호의 타이밍이었다. 이제 미지근한 태도로는 죽도 밥도 안 될 일이었다.

"아직 갈피를 못 잡았어요."

"여자친구가 떠났는데 뭘 망설여요. 그 친구를 잡고 싶으면 지금이라도 빨리 행동에 옮겨야죠."

"꼭 그래야 할까요."

그는 여전히 망설이는 듯 보였다.

"단호한 의지를 보여주는 것도 방법 아닐까요? 행동으로 옮기고 보여주세요. 여자 마음이란 날씨와 같아서 수시로 변하거든요."

나는 그를 설득할 수 있는 온갖 논리를 모조리 들이밀어 그를 몰아붙였다. 그 결과 간신히 그를 설득해 다시 미팅 시간을 잡을 수 있었다.

전화를 끊은 후 내가 거짓 확신을 주었다는 사실을 뒤늦게 깨달았다. 무슨 근거로 여자친구가 다시 그에게 돌아올 거라는 확신을 주었는지 모르겠다. 사장이 말했듯이 중요한 건 설득과 결과다. 그녀가 돌아오고 안 오고는 문제가 아니잖나. 오직 이별의 결과물을 손에 쥐는 게 중요하지 누군가의 사정 따위는 고려할 일이 아니었다. 내친김에 이번에는 아직 잔금이 완불되지 않은 닥터 황에게 독촉 전화를 넣었다.

"지난번에 보낸 문자 보셨죠?"

"문자는 봤어요."

"일 처리 깔끔히 했으니 별 걱정 안 해도 되실 거예요."

"전화가 뜸한 거 보니 잘 해결된 것 같네요."

닥터 황의 마지막 말이 이별을 완료하는 순간이었다. 그는 마지막 남은 잔금을 오늘 중으로 완불하겠다는 말과 함께 전화를 끊었다. 새들은 짝을 유혹하기 위해 수년간 화려한 춤과 노래를 바치지만 짝짓기 한 번으로 관계를 싱겁게 끝내버린다. 어쩌면 닥터 황과 강미후는 줄곧 이별을 향해 질주한 새들의 커플이었는지 모르겠다.

오후에 이삿짐 업체에 전화를 걸어 1톤짜리 용달을 불렀다. 용달은 한 시간 후에 회사 앞으로 왔다. 나는 기사 옆자리에 앉아 도진우의 집으로 향했다. 용달을 타고 가면서도 그가 다시 마음을 바꿀까봐 줄곧 노심초사했다. 그러나 잠시 후 그를 만났을 때 좀 전의 불안감은 기우였다는 걸 알았다.

"가을 씨 말대로 좀 더 서두를 걸 그랬나봐요."

그는 지난번 전화로 마음이 동요된 듯 보였다.

"지금이라도 늦은 건 아니에요."

나는 붙임성 있게 웃으며 그를 독려했다.

"이제 책들을 용달에 실어 쓰레기 하치장으로 가요. 거기서 책들의 장례를 지내야죠."

이삿짐센터 기사분이 서재로 올라와 책들을 이삿짐 바구니에 옮겨 담았다.

서재에 위엄 있게 꽂혀 있던 책들이 순식간에 너덜너덜한 폐지로 나뒹굴었다. 서재가 서서히 비어가는 동안 그는 숨어 있는 책들이 있는지 책장 구석구석을 뒤지고 상자 속까지 샅샅이 살폈다. 그러는 사이 내 눈에 손때 묻은 스크랩 대학노트가 발견되었다. 그 노트 안에는 신문이나 잡지에서 오려둔 기사들이 분야별로 스크랩되어 있었다. 더구나 관찰을 기록한 프리라이팅의 훈련과정들도 그의 노트 안에 빼곡히 적혀 있었다. 한마디로 작가 소재 파일이었다. 아마도 오래전부터 수집해둔 소재들인 듯 보였다. 그의 오래된 대학노트는 그의 창작 노트나 마찬가지였다. 더구나 그의 필체의 흔적이 내 신경을 잡아끌었다.

그는 내 손에 들려 있는 노트를 옆에서 넘겨보았다.

"자료 수집은 했지만 정작 글은 못 썼어요. 그동안 활자 중독증에 걸린 놈처럼 살았는데 정작 목소리 한 번 못 냈다는 게 아쉽네요. 이놈의 질긴 강박증에서 벗어나려면 그 노트부터 없애버려야 해요."

그가 지금 이 순간 어떤 마음일지 느낄 수 있었다. 자신의 목소리를 낼 수 없다는 고백이었다. 세상에는 자신의 목소리를 담지 못하는 작가들도 많았다. 그는 이런 자료들을 남겨두면 또 그 안에 갇힐까 두려워했다. 하지만 내 눈엔 그가 언젠가 자신의 글을 꼭 쓸 것처럼 보였다. 다른 건 몰라도 그가 오랜 세월 스크랩해두었던 노트가 자꾸 눈에 밟혀 쉽게 손에서 놓을 수 없었다.

내게는 이상한 버릇이 있다. 누군가의 손 글씨가 담긴 종이들을 쉽게 버리지 못했다. 이유를 꼽자면 손 글씨에 그 사람의 영혼이 스며들었을 것 같은 느낌 때문이다. 한 사람의 일상이나 감정들을 손으로 기록하는 것들이 차곡차곡 모여 한 인간의 내면이 완성되는 것 같다. 성격이나 습관 등이 온전히 묻어난다는 게 손 글씨에 끌리는 이유가 아닐까. 그래서 나도 모르게 그의 노트를 가방에 슬며시 넣고 말았다.

학창 시절에 나는 친구들과 주고받았던 작은 쪽지 편지들을 상자에 모았던 기억이 있다. 친구들과 별일 아닌 것도 글로 적어두었던 색색의 쪽지가 여고를 졸업할 때쯤에는 운동화 박스로 다섯 상자나 되었다. 지금은 카톡으로 주고받는 시대지만 손 글씨의 체취는 추억을 공유하는 힘이 더 세서

좋았다.

대학교 1학년이 되던 겨울, 이사 가게 되면서 결국 그 쪽지 편지들을 몽땅 불에 태워버렸다. 이따금 추억의 시간을 떠올릴 수 있는 유일한 단서들, 내 소소한 성장기록이 아무렇지 않게 사라졌다는 상실감으로 힘들었다.

용달이 쓰레기 하치장 입구에 도착하자 뿌연 안개 같은 잿빛 공기가 눈앞을 아른거렸다. 하치장 입구부터 매캐한 냄새가 코를 찔렀다. 사방에 널린 온갖 살림 도구들이 뒤죽박죽 산을 이루었다. 살 빠진 우산부터 페트병, 소쿠리, 회전 의자, 과자봉지와 휴지까지 엉겨 나뒹굴었다. 후미진 구석에 폐휴지들을 쌓아두는 곳에 용달이 멈췄다.

그의 책 더미들이 폐지들 위로 버려졌다. 그는 버려진 책 더미들로부터 시선을 떼지 못했다. 버려진 책 더미들 속에는 루쉰의 잡문집부터 평론집, 사상집 등 세상에 존재하는 다양한 책들이 뒹굴었다. 그중 내 눈을 잡아끌었던 책은 다치바나 다카시의 《나는 이런 책을 읽어 왔다》였다. 책 표지에 작가의 무자비한 노동의 산물이 고스란히 담겨 있었다. 그는 버려진 책 더미 곁에 무릎을 꿇고 앉아 못내 버려진 책들을 오래도록 손으로 매만졌다. 이제 버려진 책들은 이곳에서 공평하게 불태워져 재가 될 것이다. 베스트셀러나 무명작가의 책이나 모두가 이곳에서는 평등한 파지였다. 내 눈에 파지 더미들이 오래된 영혼의 전시장처럼 보였다.

"이제 버려진 활자들에게 애도를 보내야 할 시간이에요. 할 말 있으세요?"

"이렇게 많은 책 가운데 내 이름 석 자가 없다는 게 맘에 걸리네요."

그는 씁쓸하게 웃으며 말했다.

"그래서 아쉬운가요?"

"사실 난 이 책들에게 빚을 졌어요. 그래서 미안한 거예요."

"마음은 이해되지만 그래도 이제 정을 떼야죠."

나는 가방에서 북어포와 소주를 꺼내 버려진 책 더미 위에 올렸다. 그리고 소주를 종이컵에 한 잔 따랐다.

"이건 뭐예요?"

"작가들의 영혼을 달래주는 의식이에요. 책은 그냥 단순한 종이가 아니잖아요. 세상에 존재하는 글쟁이들이 쏟아낸 핏값이거든요."

"이거 꼭 천도제 지내는 것 같아요."

"천도제 맞아요. 위대한 영혼들을 소멸시키는 데 이 정도 정성은 있어야죠."

"위패도 지방도 없이 말이죠. 허허."

"책표지에 새겨진 작가들의 이름이 위패고 지방 아닐까요."

"세상에서 죽음을 극복할 방법은 아이 낳는 일과 책을 남기는 일이라고 했는데 전 죽음을 극복하긴 틀렸네요."

나는 그의 말에 선뜻 동의할 수 없었다. 아이를 낳는 일이 죽음을 극복할 수 있는 일이라면 엄마는 무엇을 극복하려고 나를 낳았을까. 생각이 거기까지 미치는 동안 그는 책 무덤을 향하여 무릎을 꿇고 술을 세 번에 나누어 붓고 두 번 절을 했다.

한동안 쌓여 있는 책 더미에서 시선을 떼지 못한 그를 나는 무심히 바라보았다. 마지막으로 음복을 하며 남은 술을 책 더미 위에 골고루 뿌렸다. 그의 모습은 신주의 모습처럼 신중했다. 그는 지금 자신의 뼛속 깊이 박혀 있는 습벽을 내쫓으려고 몸부림을 치고 있는 듯 보였다. 마지막으로 그에게 라이터를 건넸다. 그는 라이터 불을 당겨 책장에 붙였다. 불은 순식간에 마른 종이에 옮겨붙어 사르르 책 더미 전체로 번졌다. 숲이 타들어가듯이 활자 무덤이 활활 타올랐다. 그는 타오르는 책 더미를 한동안 응시했다. 그는 묵은 감정들을 털어내기 위해 안간힘을 쓰고 있었다. 당분간 그는 실연당한 사람마냥 저 활자들을 그리워할지 모른다. 어쩌면 저 습벽들이 망령처럼 되살아나 그를 괴롭힐 수도 있다. 이별 후 백 일을 견뎌내는 게 가장 힘겨운 싸움이라고 사장은 말했다. 마늘과 쑥만 먹고 사람이 되었던 곰처럼 그가 앞으로 힘겨운 백 일을 활자 없이 견뎌낼지 의문이었다. 활활 타오르던 불길은 마치 살아 있는 생명처럼 거침없이 타올랐다. 불길을 따라 검은 연기가 하늘에 길을 내며 올라가고 있다. 책의 영혼들이 버뮤다 삼각지대에 도달한 듯 홀연히 사라지고 있는 듯 보였다. 10분도 채 되지 않아 책 무덤은 검은 잿더미로 변했다. 불길이 잦아들자 그가 허탈한 표정을 지으며 이렇게 말했다.

"여기서 쓸 만한 건 뿌연 안개뿐이네요."

그의 말에 나는 씁쓸하게 웃었다.

그날 저녁 그와 허브티를 파는 카페에 잠시 들렀다. 그는 커피 주문이 끝난 뒤 흡연실에 들어가 담배를 태우고 도로 쪽을 한동안 응시했다. 잠시 후 커피가 나오자 그는 담배를 끄고 테이블 쪽으로 다가왔다. 나는 그를 위로할 말을 떠올려보았다.

"서재가 사라진 기분이 어때요?"

"음, 오래된 연인을 떠나보낸 심정이랄까. 책이 불타는 모습을 보면서 아버지에 대한 강박이 좀 사라진 것 같아요. 후련하다고 할까요. 아버지에 대한 두려움은 알고 보면 저 혼자 키운 공포였어요. 아버지의 사랑 표현이 저와 조금 다른 방식이었다는 걸 뒤늦게 알았어요."

"부럽네요. 뒤늦게라도 사랑을 깨달아서."

"아버지 사랑을 많이 받았을 것 같은 사람이 왜 그래요?"

"아버지 얘긴 그만하죠."

그가 아버지 얘기를 계속하자, 기분이 우울해졌다. 아버지에 관한 이야기는 늘 나를 이방인으로 만들기 일쑤였다. 그래서 그의 화제를 다른 쪽으로 돌렸다.

"앞으로 현실적인 취미를 가져보는 게 어때요? 전 예전에 중독을 떨치기 위해 정말 관심 없는 일을 해본 경험이 있어요."

"가을 씨가 중독이 될 게 뭐가 있는데요?"

"SNS 중독 경험이 있거든요. 그때 새로운 일을 시도해봤어요."

"그게 뭔데요?"

"경보요."

"경보요?"

"제가 걷는 걸 무지 싫어해요. 그런데 SNS 중독에서 벗어나려고 무조건 걸었어요. 저는 제 글에 '좋아요'나 댓글이 달렸나 늘 신경 썼고요. 댓글이나 '좋아요'가 없으면 엄청 불안했어요. 정말 잡스러운 생각이 꼬리에 꼬리를 물었죠. 중독에서 벗어나려고 발버둥쳤어요. 시간이 날 때마다 느리게 걷기와 빠르게 걷기를 반복하며 걷기에 몰두했어요. 걷기를 하다 보니 서서히 중독에서 벗어나더군요."

"좋은 경험 하셨네요."

"모든 사람에게 맞는 방법은 아니지만 새로운 걸 시도하는 건 해볼 만해요."

"제가 고민하는 건 여자친구와 관계예요."

"그녀가 떠난 게 꼭 활자 중독증 때문이라고 생각해요?"

"그걸 제일 싫어했거든요."

"그녀가 다시 돌아오지 않는다고 해도 상관없잖아요. 고질적인 문제가 해결됐는데. 안 그래요?"

그는 내 말에 동의하지 않는다는 표정을 지었다.

"글쎄 그게 쉬운 일일까요."

"또 다른 즐거움을 찾아보면 침울한 기분이 나아지겠죠."

8

이별 박람회 홍보를 위해 2호선을 타고 교대역으로 향했다. 교대역은 사람들로 붐볐다. 출구를 빠져나오자 유미가 먼저 와 있었다. 사장의 얼굴은 아직 보이지 않았다.

도착한 지 5분쯤 지나자 우리 앞에 7인승 쏘렌토가 섰다. 쏘렌토 외관에는 '당신의 이별을 대신 해드립니다'라는 흰색 글씨체와 전화번호가 크게 찍혀 있었다.

"와우! 저 문구는 재밌지 않아?"

유미의 말이 끝나자마자 사장이 차에서 내렸다.

"빨리 타!"

사장은 우리를 보자 빨리 타라고 재촉했다. 차에 올라탄 뒤에도 조금 전 광고 문구가 자꾸 떠올랐다. 사장의 차는 인근 건물의 지하주차장으로 미끄러져 들어갔다. 그곳에 차를 주차한 사장은 차 트렁크에서 이별 박람회 초대장과 노란 띠를 꺼냈다. 나와 유미에게 각각의 분량의 초대장 뭉치와 노란색 띠를 주었다.

"이걸 몸에 둘러야 회사 홍보가 되지."

노란 띠에는 회사 로고와 상호가 검은 글씨로 큼지막하게 쓰여 있었다.

"이걸 꼭 몸에 둘러야 돼요? 진짜 영업사원 같아요. 누가 요즘 이런 쌍팔년도식 광고를 해요?"

유미가 못마땅하다는 듯이 말했다.

"지금 이것저것 따질 때가 아니잖아. 광고란 온라인 오프라인 가릴 것 없이 닥치는 대로 해야 효과가 나."

사장이 먼저 양복 위에 노란 띠를 둘렀다. 유미와 나도 마지못해 띠를 두르고 지하철역으로 걸어갔다. 거리의 시선이 온통 우리에게 쏠리는 것 같아 고개를 숙였다. 사장이 앞서면서 연신 사람들이 버리든 말든 초대장을 나눠주었다.

유미가 내게 소곤거렸다.

"이러다 동창이라도 만나는 거 아냐? 이젠 하다하다 거리에서 전단까지 돌리네. 이럴 줄 알았으면 모자라도 눌러 쓰고 오는 건데……."

유미는 사장의 전단 광고에 화가 나는지 쉴 새 없이 투덜 댔다.

다시 지하철 입구까지 돌아왔을 때, 역 앞은 드나드는 사람들로 북적거렸다. 출근길 인파는 많았으나 선뜻 전단을 나눠줄 용기가 나질 않았다.

"뭐 해? 빨리 나눠주지 않고?"

사장의 독촉으로 우리는 마지못해 초대장 전단을 거리의 행인들에게 나눠줬다. 출근길 사람들은 우리가 주는 전단에 손사래를 치기 일쑤였고 그나마 마지못해 받는 사람들은 쓰레기통에 올려놓고 가버렸다. 더구나 전단을 받는 사람이 한 명이라도 보이면 전단 나눠주는 아줌마들이 우르르 달려들었다. 생존한다는 건 언제나 경쟁인가보다.

출근 시간이 지나자 점차 지하철역 출구에는 사람들이 한산해졌다. 사장은 그만 접자며 남은 전단을 가방에 넣었다.

사무실에 도착하자 김치찌개 냄새가 진동했다. 주은이 시간에 맞춰 김치찌개를 준비해놓고 기다리고 있었다. 주은은 이 회사에 밥을 해주기 위해 고용된 사람처럼 요리를 능숙하게 잘했다. 우린 원탁에 앉아 아침식사를 했다. 사장은 밥을 먹으면서도 이별 박람회에 대한 계획을 쉴 새 없이 떠들었다. 나는 사장의 입에서 밥알이 입 밖으로 비어져나올까봐 조마조마했다. 사장은 이번 박람회에 대한 기대감에 부풀었다. 사장의 그런 태도가 오히려 우리에게 부담감만 줬다. 사장은 일찍 나와 시장기가 가시지 않는지 밥을 두 공기나 비웠다. 나는 딱히 입맛이 없어 반 공기만 먹고 수저를 내려놓았다.

삼 일 내내 회사 근처 지하철역과 상가에 초대장을 돌렸다. 미용실, 부동산 중개소, 법무사 사무실, 할인 매장 등 다양한 매장에 초대장을 뿌렸다. 그리고 지인들에게 박람회장에 놀러 와줄 것을 카톡 메시지로 부탁했다. 돈 안 드는 동창회인 셈이라고 소개했다. 동창 모임을 박람회장에서 한다는 것은 나의 아이디어였다. 누구라도 와서 북적거리는 모습이라도 연출해야만 했다. 썰렁한 자리만 남아 있는, 박람회장에서 벌어질 최악의 상황은 모면하고 싶었다. 친구들을 대상으로 영업을 한다기보다 박람회 자리를 채울 사람이 필요했고 최선을 다해 홍보했다는 흔적이 필요했다.

유미와 나는 다음날에도 회사 근처 빌딩에 있는 오피스텔 1층 게시판에 광고지를 만들어 부착했다. 우리는 홍보작업이 끝나면 늘 사무실로 달려와 붙박이마냥 전화기 앞을 지켰다. 사장은 24시간 사무실에 붙어살았다. 처음에는 전화가 생각만큼 많지 않았다. 사장은 전화기에 문제라도 있다는 듯 수화기를 들었다 놓기를 반복했다. 그나마 간헐적으로 걸려오는 전화는 호기심으로 똘똘 뭉쳐진 전화들이었다.

"내일이 박람회 오픈인데 분위기가 너무 썰렁하지 않아요?"

나는 사장을 향해 중얼거렸다.

"동트기 전이 가장 어둡다는 거 몰라? 올 사람들은 버선발로도 오는 법이니까."

사장은 속담까지 인용하며 나의 의구심을 일축했다.

이별 박람회 날이 밝아왔다. 박람회장 건물은 20층의 높이로 사무실만 이백 개가 있었다. 박람회장 입구에 도착하자 '결혼 박람회'라는 현수막이 먼저 눈에 들어왔다. '초혼 재혼 모두 환영합니다'라는 배너 광고도 보였다. 여러 결혼 정보업체가 함께 하는 박람회였다. 로비 안으로 들어서자 관계자로 보이는 사람들이 삼삼오오 모여 있었다. 로비 왼쪽으로 '이별, 대신 해드립니다, 도로나 이별'이라는 검은 현수막 글씨가 눈에 띄었다. 박람회장의 위치를 행사장 입구 벽에 노란 화살표로 인쇄한 종이도 보였다.

박람회 전날, 자정이 넘는 시간까지 내부 공간 배치를 하느라 거의 뜬 눈으로 밤을 보냈다. 먼저 천장 높이가 낮은 옥타 부스를 빌려 60평 정도의 단독 공간을 만들었고, 상담 부스와 의자를 서른 자리쯤 놨다. 파티션 사이로 개별 상담실을 따로 만들었다. 손님들을 위해 커피와 청량음료, 사탕 등 소소한 간식을 테이블에 올려두었다. 회사의 프로그램을 담은 칼라 팸플릿도 가져갈 수 있도록 비치했다.

사장은 긴장이 역력한 표정으로 박람회장 밖으로 나와 담배를 연거푸 피워댔다.

"사장님, 어제 악몽 꿨어요. 박람회장에 상담하러 온 사람이 한 명도 없는 거 있죠."

"꿈은 반대라잖아. 너무 신경 쓰지 마. 모든 사업은 사람 장사야. 정 없으면 이 매니저가 결혼정보 박람회 가서 끌고 오는 수밖에 없지."

사장은 날 빤히 보며 같은 층 옆에서 진행되는 결혼 정보 박람회장에 고객들을 끌고 오라는 말을 아무렇지 않게 했다. 나는 그 꿈으로 인해 밤새 잠까지 설쳤다. 정말 사람들이 오지 않는다면 사장은 충분히 그 일을 시키고도 남을 사람이었다.

박람회장에 가장 먼저 도착한 친구는 여고 동창생들이었다. 오랜만에 얼굴을 보는 친구들이었다. 나는 사장에게 친구들을 소개했다. 사장은 친구들을 보자 표정이 한결 밝아졌다. 사장은 자신이 나서서 직접 자리를 안내하는 성의를 보였다.

"이 매니저 친구들 시원한 음료라도 빨리 대접하지."

사장은 친구들의 등장에 고무된 표정이었다.

나는 주은에게 음료를 부탁하고 팸플릿을 가져다 친구들에게 나눠주었다. 친구들은 내가 준 팸플릿에 눈길을 주는 대신 내 손을 붙들고 자리에 끌어 앉혔다.

"너 아무리 취직이 안 된다고 이런 터무니없는 회사에 취직한 거니?"

"남들이 대신 이별해준다는 게 말이 돼?"

세 명의 친구들은 너나 할 것 없이 한목소리로 내게 질책을 해댔다.

"아무리 아이디어가 좋아도 이건 너무 엉뚱하다. 안 그래?"

"〈세상에 이런 일이〉에 나올 만하다. 너희 사장 방송에 제보해봐. 좋은 취재감이야."

그녀들은 좋은 먹잇감을 발견한 듯이 호들갑을 떨었다.

"그런 말 하지 마. 부자들은 헤어지는 일도 직접 안 해. 외주를 주지. 괜한 감정 낭비할 시간에 돈 벌 궁리할걸."

"그건 돈이 썩어나는 애들이고. 정신 나간 것들이지. 자기

입 놔두고 남의 입으로 이별 통고하면 그 이별은 뭐 별나다 니?"

그때 다른 친구가 내 편을 들며 한마디를 거들었다.

"기껏 남의 사업장에 와서 한다는 말이 고작 그거니? 가을이가 의욕적으로 하는 일인데 격려나 해줘라."

정말 눈물 나는 친구의 한마디였지만 오히려 그 말이 나를 무안하게 했다.

"회사 비전 보고 일하는 거야."

"너무 현실감 없는 일은 아닌지 눈 크게 뜨고 잘 봐."

"아무리 5포 세대라지만 이건 너무 아니다. 참 불쌍한 세대다. 우리."

또 다른 친구가 푸념을 늘어놨다. 그도 그럴 것이 세 친구 모두 시간제 일로 생활을 꾸리고 있었다.

11시가 되자 부스 안에는 사람들이 자리를 하나둘 채워나가기 시작했다. 빈 의자가 다 채워질 정도로 사람들이 모였다. 결혼박람회에 갈 일은 없어 다행이었다. 사람들이 행사장 자리를 채우자 사장의 얼굴은 점점 상기되었다. 사장은 마이크를 들고 빔프로젝터를 활용한 PPT를 보여주며 회사의 성격을 설명했다.

"도로나 이별은 한마디로 감정을 대신 소비해주는 회사예요. 이별을 원하지만 의무적인 만남을 이어가시는 분들, 참, 안타깝죠. 바쁜 세상에 감정 소모에 시간 소모까지. 낭비 없는 현대인들을 위한 맞춤 이별, 도로나 이별이 여러분 대신 이별을 해드립니다. 그리고 뒤탈 없이 책임집니다. 껄끄러운 인간관계, 버리지 못한 습관 이런 것들 이번 기회에 깔끔히 정리하십시오. 더구나 이 사업에 매력을 느끼시는 분들에게 지사를 낼 기회도 드립니다."

사장은 자못 진지한 얼굴로 말을 이어나갔다. 자리에 앉은 사람들 역시 사장의 설명에 귀를 기울였다. 사장의 홍보가 끝난 후 급기야는 모여든 사람들의 질문까지 이어졌다.

"혹시 이혼 통보도 대신 해주나요?"

중간 자리에 앉아 있던 중년 여자가 물었다.

"당연하죠. 이혼이라는 말 참 껄끄럽죠. 법으로 하기에도 시간이 걸리고 법정 나가는 일도 고역이죠. 그뿐 아니라 몇 년도 끌 수 있잖아요. 소송비는 또 얼마나 많이 들어요. 적은 비용으로 시작부터 끝을 책임집니다."

사장은 중년 여자의 질문에 조금 전보다 더 의기양양했다.

"습관과의 이별이 정말 가능한가요?"

또 다른 사람의 질문이 이어졌다.

"물론요. 중이 제 머리 못 깎잖아요. 습관이 곧 사람의 운명입니다. 습관이란 놈도 알고 보면 약점이 있거든요. 그걸 공격하면 떨어져나가요."

사람들은 사장의 말에 반신반의하는 표정이었다. 행사장에 모인 사람들은 각자 자신들이 안고 있는 문제들에 대한 질문을 이어갔다. 사장은 사람들에게 회사가 그동안 의뢰받았던 이별 사례에 대한 예들을 자료로 보여주며 브리핑을 했다.

사장의 브리핑이 끝난 뒤 나와 유미는 부스에서 상담자를 기다렸다. 호기심으로 들러본 사람들은 뿔뿔이 흩어졌다. 그들 중 얼굴이 박꽃처럼 하얀 오십대 중반처럼 보이는 여자가 부스로 다가왔다. 가까이서 본 여자의 얼굴은 팽팽하고 탄력이 있었고, 군살 하나 없는 배를 가지고 있었다. 잘 관리된 중년 외모였다. 그런데 얼룩무늬 머플러가 유난히 낯익었다. 그러나 딱히 기억이 떠오르지 않았다. 그녀는 주변 시선을 의식하며 주저하는 듯 보였다. 내가 먼저 그녀의 불안을 잠재우기 위해 자리에 앉기를 권했다. 중년 부인은 그제야 자리에 앉았다.

"상담 내용은 비밀이니까 안심하세요."

중년 부인을 안심시키는 말을 꺼냈다.

"전······ 이혼 상담인데요."

"아, 그러세요."

중년 여자는 자리에 앉자 주저함이 없이 말을 꺼냈다.

"사실 제 남편은 직업 군인이거든요. 결혼하고 5년 만에 해외 공관으로 빠지게 되면서 20년을 줄곧 떨어져 살았어요. 근데 이번에 남편이 퇴직하고 영구 귀국하게 됐지 뭐예요. 예상은 했지만 좀 당황한 건 사실이에요. 결혼 생활 20년이라지만 신혼 초를 빼면, 남편을 1년에 몇 번 못 봤어요. 제가 남편 근무지로 가든 아니면 남편이 휴가 때 한국에 오든 했거든요. 처음엔 혼자 지내는 게 좀 힘들었어요. 근데 시간이 지날수록 익숙하고 편하더군요. 요즘은 은퇴한 남편 때문에 진짜 괴로워요. 거실 소파에 나란히 앉아 있는 것도 익숙하지 않고 한 침대에 남편이 옆에 누워 있으면 낯선 남자 같아서 깜짝깜짝 놀라요. 더 미치는 건 사사건건 잔소리를 한다는 거예요. 아주 진절머리가 나요."

중년 부인은 한숨을 한 번 내쉬었다. 지친다는 표정이 역력했다. 부인의 말에 고개를 끄덕이면서도 얼룩무늬 머플러가 자꾸 눈에 밟혔다. 그 머플러를 본 기억을 떠듬거려보았다.

"그럴 수도 있겠네요."

"아가씨는 아직 이해 안 가겠지만 내 나이쯤 되면 다 알게 돼요."

그녀는 애송이 같은 낯선 여자에게 자신의 결혼 생활을 상담하는 걸 불안해하는 것처럼 보였다.

"주변에 그런 분들 참 많으세요."

나는 그녀의 말에 맞장구를 쳐주었다. 그녀는 불안감이 조금 가신 듯 다시 말을 꺼냈다.

"아침밥 차려주고 밖에 볼일이라도 보려면 남편 눈치까지 슬슬 봐야 해요. 그것뿐인가요. 아파트 분리수거장에 내려가 이웃과 잠시라도 얘기가 길어지면 입이 댓 발은 나와 있으니, 집에 호랑이를 한 마리 기르는 것도 아니고……. 무슨 심술이 붙었는지 일거수일투족 붙어다니려고 안달이에요. 그것도 하루이틀이죠. 등산에 취미가 없는데도 굳이 의무적으로 남편을 따라가야 하는 것도 일이고, 휴, 하루하루가 숨이 막혀요."

"남편분은 모임에 안 나가세요?"

"그 남자는 젊어서부터 외지 근무라 친구 관계가 다 끊어졌어요. 딱히 취미도 없고요. 내가 동창 모임이라도 있어 늦어지면 핸드폰에 불이 나요. 그럼 전화기 꺼놔요. 집에 오면 또 잔소리 들을 텐데 미리 들을 필요 없잖아요. 남편 시집살

117

이 말로만 들어봤지 이렇게 고된 줄 처음 알았어요."

부인은 남편의 은퇴가 달갑지 않다는 표정이었다. 중년 부인은 아직도 불만이 많은지 계속 말을 늘어놓았다.

"남편과 1년에 한두 번 얼굴 보던 그때가 너무 그리워요. 혼자 자는 습관 때문에 남편과 살 대는 것도 보통 고역이 아니거든요. 이젠 시장도 같이 다니려고 해요."

"그 나이 남자들 대부분 그런 증상 있다고 하잖아요."

나는 맞장구를 쳐주며 대화를 이끌었다. 신문이나 인터넷에서 본 사회현상을 들먹이며 추임새를 넣었다.

"내가 진짜 화가 난 데에는 이유가 있어요. 어느 날 친구들과 홍콩 여행을 갔거든요. 근데 기가 막힌 건, 홍콩에 가서 하루도 지나지 않아 오밤중에 남편에게 전화가 왔어요. P저축은행 사건 아시죠. 왜 부실 은행 퇴출이요. 제가 남편이 송금해준 돈을 다른 저축은행에 넣어뒀거든요. 그 사건이 터진 날 밤, 자기가 보내준 돈을 어디 됐느냐며 난리를 치는 거예요. 당장 여행이고 뭐고 집어치우고 비행기 타고 집으로 오라는 거예요. 이제 여행이 시작인데 말이에요. 더구나 문제의 저축은행에 돈을 넣어둔 것도 아닌데……. 난 못 간다 버텼어요. 막무가내인 남편 말을 무시하고 여행 일정 다 끝내고 집으로 돌아왔죠. 근데 집에 돌아와보니 식탁 위에 통장과 종이 더미가 딱 놓여 있지 뭐예요."

중년 부인이 숨도 쉬지 않고 말을 이어갔다.

"그게 뭐였어요?"

"바로 이거예요."

부인이 가방에서 내민 종이에는 글씨가 적혀 있었다.

'내 돈이 사라졌다. 피 같은 내 돈……. 삼천만 원이 빈다. 그 돈이 어디로 새어나갔는지……. 이혼…… 이혼……아…….'

남편의 고뇌가 고스란히 묻어 있는 필체였다. 남편의 필체를 보며 나도 모르게 웃음이 터지고 말았다. 이 글을 쓰던 그 남자의 모습이 떠올랐기 때문이다.

"남이 보면 웃음거리겠지만 난 부아가 치밀어 죽겠다고요. 이 낙서가 뭘 뜻하는 거겠어요? 내 참 더럽고 치사해서……. 그 인간이 내가 여행 간 사이 서랍 속 통장을 탈탈 뒤져 밤새 계산했다는 게 진짜 참을 수가 없네요. 그 인간하고 산 세월이 25년인데 돈 삼천 빈다고 이혼이라뇨. 이걸 나 보란 듯이 종이에 휘갈겨놓은 걸 보는 순간 피가 거꾸로 솟더군요. 그래서 이참에 결심했어요. 내가 먼저 그 인간과 끝내고 말아야겠다고요. 잠자는 곰을 건드린 셈이에요. 이만하면 이혼을 의뢰해도 되겠죠."

"남편께서도 고객님 마음 아세요?"

"글쎄요. 자긴 겁날 것 없다는 태도던데, 이혼하자고 덤비면 어떻게 나올지 모르죠. 제 값어치가 돈 삼천도 안 된다는데 여기서 참는 건 굴욕이에요. 남편 없이 사는 게 저라고 쉬웠을 것 같아요? 다들 가족과 외식이다, 여행이다 할 때 저는 과부 마냥 애들 데리고 쥐죽은 듯 살았네요. 그런 제게 고작 한다는 소리가? 참······."

그녀의 이야기는 한 편의 코미디였다. 서른이라는 나이로 인생을 이해하기는 참 어려웠다. 평생 남편 없이 살아온 엄마가 떠올랐다. 그러고 보면 세상은 참 불공평하다. 그녀는 심리적 부적응 상태의 쇼크를 겪고 있는 듯 보였다. 은퇴 남편 증후군이 이런 경우 아닌가 싶었다.

"그 정도로 힘들면 이혼 생각이 나겠어요. 근데 진짜 이혼할 생각 있으세요?"

이혼을 권하는 게 껄끄러워 다시 의뢰인의 마음을 확인했다.

"결심은 벌써 했죠. 차마 내 입으로 이혼이란 말을 꺼내는게 용기가 안 나서 그러죠."

"그럼 여기에 접수해주세요. 남편의 신상명세서와 고객님의 이혼 사유를 적어주시고요."

그녀는 가방에서 돋보기를 꺼내 진지하게 상담일지의 내용을 꼼꼼히 살폈다. 중년 부인의 결심이 확고한 듯 보였다. 확실히 이혼 문제는 내게 와닿지 않았다. 일단 접수부터 해놓고 사장과 의논해야 할 문제였다.

중년 부인의 상담이 끝난 후 사장이 있는 곳으로 가보았다. 사장은 그녀를 배웅하면서 상담 박스를 나와 박람회 밖 복도로 나갔다. 건너편 웨딩 박람회장은 유난히 사람들이 붐볐다. 사람들 사이로 사장의 얼굴이 보였다. 사장은 나와 눈이 마주치자 멋쩍은 듯이 담배를 바지 주머니에서 꺼내며 현관 쪽으로 갔다. 사장이 웨딩 박람회를 기웃거렸다는 사실에 웃음이 터졌다. 그가 싱글이라는 사실을 확인시켜주는 것 같았다. 그러고 보니, 얼룩무늬 머플러의 중년 여자를 본 것도 웨딩 박람회 입구라는 사실이 떠올랐다. 이혼과 결혼 박람회 모두를 상담을 했다면 혹시 그녀가 이미 다른 남자와 불륜의 관계에 있는지도 모른다는 상상이 되었다. 갑자기 가슴속 고동이 빨라지는 것이 느껴졌다.

다시 행사장 부스로 돌아왔다. 유미와 주은도 진지하게 손님과 상담을 하고 있었다. 관심이 있는 사람들이 있다는 게 안도가 되었다. 그때 부스 쪽을 기웃거리는 머리가 희끗희끗한 남자가 보였다. 그는 잿빛 양복을 입었고, 깔끔한 인상이었다. 나는 자리에서 일어나 잿빛 양복의 남성을 부스로 안내했다. 그의 얼굴은 팔자 주름이 선명한 탓에 더 우울한 낯빛이었다. 그는 의자에 앉자마자 목이 타는 듯 물을 마셔도 되겠느냐며 테이블 위에 놓인 생수병을 손에 들었다. 그러고는 생수를 벌컥 단숨에 마시더니 다급하게 말했다.

"이런 회사가 있다는 걸 알고 와봤습니다. 사람 습관이라는 게 참 무섭더군요. 제가 한 달 전에 회사를 퇴직했거든요. 근데 매일 아침 6시면 어김없이 눈이 떠져요. 그리고 이상하게 불안하고 가만히 있으면 가슴이 답답해요. 그래서 여느 때와 같이 출근 채비를 하고 회사 입구에라도 가 있으면 맘이 그렇게 편해요. 사실 출근길 회사 사람들과 마주치게 되면 어색하고 힘들긴 하지만 그래도 가슴이 답답한 증세는 좀 덜해요."

"습관은 무의식적 행동이거든요. 무의식 속에도 습관은 활동하죠. 이런 습관들은 절대 하루아침에 바뀌지 않아요. 내 몸에 배어버린 습관을 내쫓으려면 더 강력한 충격이 있어야 하는데, 지금 굉장히 힘드시겠어요."

나는 사장에게 교육을 받은 대로 습관에 대해 설명했다.

"무슨 방법이 있을까요?"

남자는 호기심 어린 눈으로 물었다.

"무당들이 굿을 할 때 영혼을 부르고 위로하듯 내 습관에게도 정중하게 떠나갈 것을 명령하고 거기에 맞는 의식행위로 습관을 떠나게 해야죠. 의식에게 명령을 내리려면 트라우마를 만드는 것도 나쁘지 않을 것 같아요."

남자는 신중하게 듣더니 고개를 끄덕였다.

"일단 신상명세서와 이별 대상을 적어주시고 방문 날짜와 시간도 정해주세요."

남자는 다시 내민 상담일지에 기록을 했다. 잿빛 양복을 입은 남자가 돌아간 후 행사장에는 사람들이 더 모이지 않았다. 예정된 박람회 시간이 모두 끝난 뒤 박람회 집기들을 정리해 용달에 실어 보내고 우리는 사장의 차에 모두 탔다.

"모두 수고들 했어. 그래도 광고가 사람들에게 좀 먹힌 것 같아. 상담 건수도 스무 건 이상으로 작은 성공이야."

사장은 이별 박람회를 무사히 마친 것을 고무적으로 여겼다.

사장은 회식하자며 회사 근처 모퉁이에 있는 감자탕집으로 우리를 데려갔다. 돼지 뼈가 잔뜩 들어 있는 감자탕에 전골과 소주를 시켰다. 사장의 주문 소리는 힘이 넘쳤고 자신감이 배어 있었다.

"입소문이 나야 할 텐데."

주은이 돼지 뼈를 손에 쥐고 말했다.

"소문이라는 게 그리 쉽게 나면 누구나 창업해 성공하지."

사장은 입소문이 쉽게 나는 게 아니라는 걸 알고 있었다.

"이럴 땐 이슈메이커가 필요한데 기자를 섭외하는 것도 나쁘지 않아요."

"그럼 유미 씨가 기사 좀 써서 신문사에 돌려보지."

"그거 좋은 생각이네."

나는 유미의 생각에 맞장구를 쳤다. 우리는 늦은 밤까지 술잔을 돌리며 앞으로 잘해보자는 결의를 하며 시간을 보냈다.

9

"나 미팅 잡혔어. 박람회 때 상담했던 의뢰인인데 그동안 노력이 헛수고가 아니라 다행이야."

유미가 사무실로 들어오는 나를 향해 자랑하듯 소리쳤다.

"사장님이 확신했던 게 정말 현실이 됐네."

"이번 미팅은 노량진 고시원에서만 7년을 보낸 사람이야. 그 사람이 하는 말이 제발 고시원에서 자신을 벗어나게 해 달래."

"이번엔 고시원과 이별이네."

"그런 셈이지. 속사정을 듣고 보면 딱하더라. 대학 졸업하고 단 한 번도 다른 일을 해본 적이 없대. 자기가 아는 세상은 오로지 고시촌이 전부라는 거야. 공무원 준비로 한 해 한 해

보내다 보니 벌써 서른다섯이래. 더구나 스트레스 때문에 탈모까지 생겼다는 거야. 이건 공시생의 비극이야."

"탈모까지? 심각하네."

"그런데 나 같아도 오랜 시간 살던 곳을 떠난다고 생각하면 두려울 것 같아. 고시촌이라도 이 사람한테는 집인 셈이잖아."

"일단 사장님께 말씀드려. 고시원을 떠날 수 있는 묘안을 의논해야겠네."

대화를 나누는 동안 사무실로 전화 한 통이 걸려왔다.

"빨리 내놔!"

수화기 속에서는 어린애의 다급한 목소리와 통탕거리는 소리가 긴박하게 흘러나왔다. 뭔가 수화기 너머로 몸싸움이 벌어지는 것 같았다.

"여보세요? 여보세요?"

잠시 후 다급한 여자의 목소리가 들렸다. 여자는 흥분이 채 가시지 않은 떨리는 목소리였다.

"거기, 습관과 이별하는 곳이죠?"

여자의 목소리는 다급했고 무척 흥분된 상태였다.

"초등학교 5학년 된 녀석이 종일 스마트폰을 붙잡고 살아요. 밤새 게임하고 학교 가서는 쓰러져 자고요. 그래서 스마트폰을 숨기면 숨겼다고 절 때리기까지 해요. 스마트폰이 눈에 안 보이면 안절부절못해 걱정이에요. 이런 습관도 고칠수 있을까요?"

여자는 계속 숨을 몰아쉬며 말했다.

"속상하겠어요. 근데 저희는 미성년자를 대상으로 일하진않아요."

여자는 아쉬움을 떨치지 못하는 기색으로 전화를 끊었다.

"애들 있는 엄마들은 스마트폰 때문에 골친가봐. 정말 대책이 없어."

나는 유미에게 상담자의 고충을 말했다.

"정말 끔찍하겠다. 책 대신 스마트폰만 들여다보는 아들얼굴 보는 것도 하루이틀이지. 정말 속 터질 거야. 그래서 유대인들은 어릴 때부터 텔레비전과 스마트폰을 절대 보여주지 않는다고 하더라."

유미가 심란한 표정을 지었다.

"그러게 앞으로 아이들은 스스로 생각하는 대신 인공지능스마트폰에게 모든 생각을 맡길 것 같아. 결국 대다수 무능자로 전락하는 거 아닐까."

"나 역시 만능 기계에 의존하는 인간으로 전락하게 될까봐두려울 때가 있어. 사람과의 관계는 점점 멀어지고 그러다 보니 대면이 피곤해지는 거 아니겠어."

"이러다 대인기피증 환자만 늘어나는 거 아냐?"

유미의 말이 끝나자마자 사장이 파티션 밖으로 나와 기다렸다는 듯이 말했다.

"그거야말로 우리가 기다리는 세상이지 안 그래. 사람과의 관계를 힘들어하는 사람이 많다는 건 우리 일에는 아주 희망적이지 안 그래?"

강남역 근처의 정우빌딩에 들르게 되었다. 의뢰자는 사회 초년생으로 무역회사에 다니는 여성이었다. 그녀는 직장이 가까운 관계로 혼자 사는 할머니와 함께 살게 되었는데 퇴근 시간마다 자신을 기다리는 할머니가 부담스럽다는 고민을 가지고 있었다. 그녀는 자신과 함께 저녁 시간을 보내기를 바라는 할머니와의 이별을 원했다. 그녀는 날 보자마자 언니를 만난 듯 자신의 힘듦을 호소했다.

"혼자 사는 할머니를 상대한다는 건 굉장한 인내심이 필요해요. 잔소리는 말할 것도 없고요. 핸드폰 보는 습관부터 커피를 자주 마시는 식습관까지 잔소리 대상이에요. 더구나 늦은 밤 컴퓨터를 보는 절 아주 정신병자처럼 취급해요. 그뿐 아니에요. 보기 싫은 드라마를 함께 보자고 하질 않나, 산책 가자고 조르질 않나, 참 노인과 함께 산다는 건 고역이에요. 전 저대로 종일 회사에 앉아 어깨가 빠질 정도로 업무에 지친 상태인데 겨우 집이라고 오면 할머니가 손녀 오기만 눈 빠지게 기다리니, 이제 더는 못 참겠어요. 근데 문제는 집을 떠나겠다는 말을 못하겠어요. 제 말에 할머니가 충격받으면 어쩌나 하는 생각 때문에요. 그러니까 저 좀 도와주세요."

그녀는 세대 차이 때문에 힘들어했다. 나와 나이대가 비슷한 사람과 맞추어 사는 것도 쉽지 않은데, 하물며 나와 살아온 환경과 경험이 다른 사람과 맞추며 산다는 게 쉬운 일은 아니었다.

"전 원룸이라도 얻어 혼자 지내려고요."

그녀는 고슴도치처럼 신경이 날카로워 보였다. 그녀는 비용과 절차에 대한 궁금한 점들을 질문하고 일단 다시 한번 고민을 한 후 연락을 하겠노라고 했다.

상담을 마치고 건물 밖으로 나왔다. 미세먼지 때문인지 조금만 길을 걸어도 목이 칼칼했다. 이럴 때 라임이 담긴 물로 갈증을 해소하면 좋겠다는 생각이 들어 주변에 편의점을 찾아보았다. 두리번거리는 동안 길 건너편 건물 벽에 HTV 홈쇼핑 상호가 눈에 들어왔다. 강미후가 다니는 회사였다.

횡단보도 신호가 초록색으로 바뀌면서 이상하게 가슴이 두근거렸다. 그동안 강미후를 잊고 있었다. 강미후의 얼굴빛이 새하얗게 질리던 날은 기억에 선명하다. 그날 카페 창을 통해 본 건 금방이라도 눈물을 쏟아낼 듯한 그녀의 두 눈이었다. 난 그녀의 두 눈을 보며 진짜 이별의 시작이구나, 잊는 게 이기는 거야, 이런 말이라도 해주고 싶었다. 그녀는 어쩌면 영화 〈바그다드 카페〉에서 뚱뚱해서 버림받은 여자 야스민과 오래전 삶의 의욕을 놓아버린 브랜다의 사막 같은 황량한 마음과 닮아 있는지도 모른다. 그러나 마법의 시간은 늘 우리가 생각지 않은 곳에서 일어난다.

생각이 거기에 미치자 나도 모르게 그녀가 근무하는 홈쇼핑 회사 건물로 발걸음이 바삐 움직였다.

건물 안으로 들어서자 1층 복도 끝에 스튜디오가 보였다. 그곳으로 발길을 옮겼다. 쉐프 스프라는 이름의 레토르트 스프 광고가 스튜디오 입구에 보였다. 방송 중이라는 빨간 활자 표시등도 선명하게 눈에 들어왔다. 쉐프 스프는 강미후가 론칭한 제품임이 분명했다. 나는 방송이 끝나고 나오는 사람들을 살펴보았다. 그런데 강미후의 얼굴은 보이지 않았다. 마침 네이비 칼라의 수트를 입은 쇼호스트가 보였다.

"저…… 혹시 강미후 씨 지금 어디 계신가요?"

"아, 강미후 엠디요? 지금 병가 중인데요."

"병가요?"

"몸이 아프다고 잠시 일을 쉰다고 하던데……."

여자는 그 말만 남기고 총총히 로비 쪽으로 사라졌다. 머리에 둔중한 무게감이 쏠렸다. 병가를 낸 시점은 내가 그녀를 마지막으로 본 다음날이었다. 닥터 황의 이별 통고와 무관해 보이지 않아 신경이 쓰였다. 다시 내 머릿속에서 아련한 비명이 들렸다.

다시 전철로 가는 길은 여전히 사람들로 붐볐다. 퇴근길 지하철 내부 역시 사람들이 가득했다. 나는 사람들 사이를 겨우 비집고 들어가 손잡이 하나를 확보했다. 지하철이 한강 철로를 지나며 강이 보이자 긴장이 조금 풀렸다.

카페에서 마지막으로 보았던 강미후에 대해 떠올려보았다. 그녀를 카페에 혼자 남겨두고 부리나케 빠져나왔던 건 정말 이 일을 매듭짓고 싶은 내 욕심이었다. 사장의 잔소리도 듣기 싫었고 닥터 황의 독촉도 심리적으로 버거웠다. 닥터 황과의 이별이 병가를 낼 만큼 심각한 일이라 여기지 않았다. 그날의 실랑이가 그녀의 병가와 관련이 없을 것이라고 누군가 속 시원히 말해주면 얼마나 좋을까.

사무실을 나와 경의선 숲길을 걸었다. 철로 주변을 걷다 보니 가을 정취가 물씬 느껴졌다. 가을 하늘과 바람이 사색하기에 좋은 날이었다. 길목마다 떨어진 낙엽을 밟으며 강미후를 떠올렸다. 낙엽은 꼭 강미후와 닮았다. 햇빛 에너지를 이용해 영양분을 만드는 낙엽은 기온이 떨어지고 햇빛이 약해지면서 나무가 머금은 수분을 빼앗기면 떨어지게 된다. 이때 나무는 결국 낙엽과의 이별을 선택하는 것이다. 나무가 생존하기 위한 전략이기도 하다. 사람 역시 생존하기 위해 이별을 선택하는 건지 모른다. 그런 생각이 들자 마음이 착잡했다.

그래서 강미후의 오피스텔로 갔다. 508호 앞에 서자 용기가 나질 않아 한참을 망설였다. 강미후가 방 안에 있을까 살며시 문에 귀를 대어봤다. 안에서는 인기척이 없었다. 용기를 내어 벨을 눌렀다. 그러나 조용했다. 다시 손가락에 힘을 줘서 두 번 연속 벨을 눌렀다.

잠시 후 조용하던 방 안에서 희미한 발소리가 문 쪽으로 미세하게 들렸다. 곧이어 방문이 열렸고 그녀의 얼굴이 어둠 속에서 살포시 보였다. 우윳빛 잠옷 차림의 그녀가 얼굴을 드러냈다. 짙은 눈썹이 화장기 없는 얼굴에 도드라졌다. 마른 덩굴만 남은 것처럼 그녀는 메말라 있었다. 그녀를 보는 순간 파스빈더 감독이 했던 말이 떠올랐다.

'사랑이란 사회적 억압을 가하기 위한 가장 교활하고도 효과적인 최선의 수단이다.'

그의 말이 그녀의 얼굴과 묘하게 일치감을 주었다.

그녀는 느닷없는 방문에 놀란 표정이었다. 나는 뭔가 할 말을 잃어버린 듯 서 있다가 간신히 입을 열었다.

"미…… 미후 씨…… 미안해요. 갑자기 불쑥 찾아와서……. 회사에 들렀더니 병가를 냈더군요. 음…… 그래서……."

나는 결국 끝말을 잇지 못하고 기이한 모습으로 서 있었다. 그녀는 화를 내는 대신 무심한 표정으로 날 물끄러미 쳐다보았다.

"참 당신이란 사람 끈질기네요. 뭘 알고 싶은 거예요?"

그녀는 냉랭하게 쏘아붙였다. 나는 지금 그녀가 어떤 말을 하더라도 참을 수 있을 것 같았다.

"저…… 잠시 들어가도 될까요?"

"돌아가라고요! 제발!"

그녀는 신경질적으로 버럭 화를 내며 문을 닫으려 했다. 나는 있는 힘껏 손잡이를 잡고 안으로 강하게 밀었다. 그 순간 강미후의 가냘픈 몸이 뒤로 밀려나면서 바닥에 뒹굴어버리고 말했다.

"미…… 미안해요."

강미후의 창백한 얼굴은 바닥을 응시하며 동요 없이 주저앉아 일어설 기미가 없었다. 축 처진 어깻죽지를 보자 덜컥 겁이 났다. 얼른 바닥에 주저앉은 그녀에게 손을 내밀어 일으켜 세웠다. 그녀의 몸은 새의 깃털처럼 가벼웠다. 그녀는 내게 몸을 맡긴 후 순순히 침대까지 걸어갔다. 내 어깨에 기댄 그녀는 기운이라고는 느낄 수 없을 만큼 야위어 있었다. 그러고 보니 방 안은 오랫동안 사람이 드나든 흔적이 없어 보였다. 묵은 공기가 후텁지근했다. 창 쪽은 자줏빛 암막 커튼으로 창 전체를 가린 채여서 한 줌의 빛도 보이지 않았다.

방 안에서 내 눈길을 끈 것은 그녀의 침대였다. 이불은 뒤엉겼고 사람이 죽어도 이 세상 누구도 모를 것 같은 어둠이 방 안을 침잠하고 있었다. 그녀는 건조하게 말라버린 화초처럼 시들어 보였다. 무거운 방 안의 공기는 우릴 한동안 침묵하게 했다.

강미후의 쏙 들어간 볼살이 처연해 보였다. 그녀는 유쾌하게 헤어지는 것에 아직도 서툴다는 느낌을 지울 수 없었다.

"닥터 황과는 마음 정리가 안 된 거예요?"

"그 사람 얘기라면 그만둬요."

"떠난 사람 너무 좋게 보는 거 아니에요? 나쁜 남자는 망각도 빨라요."

"나쁜 남자요? 당신이 나쁜 남자가 뭔지 알아?"

강미후는 끊임없이 바늘로 찌르듯이 쏘아붙였다.

"불쾌한 기분은 알아요. 그렇지만 제가 만나본 의뢰인은 그다지 특별해 보이지 않았어요. 남자는 또 만날 수 있잖아요."

"남자 마음속에 들어가본 사람처럼 말하네요."

"다 경험해야 아나요? 어릴 때 곁에 있던 사람이 남자 때문에 힘들어했던 걸 봤어요. 그걸 보면서 자연스럽게 터득한 게 있다면 영혼이 상할 만큼 지독하게 사랑하지 말자는 다짐이었죠."

내 말을 듣는 그녀의 눈빛이 몽롱하게 가라앉았다.

나는 여전히 사랑이란 감정에 호의적이지 못했다. 열정 있는 사랑이 부럽기도 했던 때가 있었다. 아무 생각 없이 감정에 푹 빠져보고 싶다는 욕망은 가끔 불쑥 고개를 내밀기도 했다. 사랑 중독증은 마약보다 안전하고 담배보다 훨씬 중독성이 있다는데 나는 주저하고 망설이느라 여전히 혼자였다.

그녀는 겨울날 찬 서리를 맞은 듯이 지독하게 파리한 얼굴을 하고 있었다. 느닷없이 그녀의 영혼을 치유하기 위한 의식을 하고 싶었다. 그런 진지하지도 장난스럽지도 않은 행위들을 통해 위로를 줄 수 있을 것 같았다.

"미후 씨, 이번 주말에 실연파티 하면 어때요?"

"그런 게 다 있어요?"

그녀의 눈빛이 처음으로 지루함을 깨는 듯했다.

"싱글로 돌아온 미후 씨를 축하하는 실연파티요. 빨리 훅 털고 일어나라는 의미예요. 실연파티로 액땜한다고 생각해요. 이별을 알리고 싶은 친구들을 몽땅 초대해서 새로운 시작을 알리면 어떨까요? 그리고 황에게도 문자 한 통 날리는 거예요."

"상상 한번 기발하네요."

그녀는 말은 비꼬고 있었지만 조금씩 반응하고 있었다.

"미후 씨, 내가 아는 사람하고 많이 닮았어요."

"누구요?"

"그냥 어떤 사람."

"어떤 사람?"

"사람을 어항 속에 넣어두고 꺼낼 줄을 모르는 사람이요. 나랑 너무 다른데 가끔은 부럽기도 해요."

"그런 사람이 또 있다고요. 속 좀 터지겠네요."

그녀는 낮은 톤으로 말하며 처음으로 살짝 웃었다. 처음으로 우리 둘 사이에 긴장이 풀어지는 순간이었다.

"미후 씨, 거울 한번 봐요. 얼굴이 반쪽 된 거 알아요?"

나는 자리에서 일어나 구석진 주방 쪽으로 갔다.

"싱크대에 물기 하나 없는 게 밥 구경한 지 오래됐죠? 쌀 어디 있어요."

"그런 것까지 신경 쓸 거 없어요."

한사코 그녀가 말리는데도 나는 기어이 그녀의 주방을 살폈다. 나의 적극성에 그녀가 못 말리겠다는 듯 포기했다. 주방 싱크대 밑에서 쌀을 찾아 씻어 전기밥솥에 넣고 취사 버튼을 눌렀다. 싱크대 선반 쪽으로 눈을 돌리니 누렇게 뜬 벨라도나가 보였다. 누런 이파리를 떼어내고 물을 받아 화분에 부어주었다. 화초도 주인을 닮아가나보다. 생기를 잃어가는 모습이 영락없이 강미후를 닮았다.

"화초가 다 죽게 생겼네요."

"아, 그거요?"

"꽃은 시들고 이파리는 누런 떡잎이 졌어요. 이거 저 주세요. 살려볼 테니……."

"이미 시들었는데 살려서 뭐 하게요."

"아직 뿌리는 살아 있을 테니 정성을 다해 살려보죠. 우리 집에도 벨라도나가 필요한 사람이 있거든요."

"어차피 나한텐 이제 필요 없어요. 가져가서 살릴 재주가 있으면 살려봐요."

그녀의 허락을 받고 벨라도나를 종이봉투에 넣었다.

치치치치 전기밥솥에서 밥 끓는 소리가 리듬 있게 들렸다. 그 소리가 이상하게 반가웠다. 내 할 일을 다 한 느낌이었다.

그 방을 빠져나오면서 그녀의 얼굴을 다시 한번 보았다. 그녀가 마치 떨어지는 새처럼 연약하고 안쓰럽게 보였다. 내가 방을 나갈 즈음 그녀는 가녀린 손을 흔들었다.

집으로 돌아와 가장 먼저 한 일은 벨라도나를 안방 창틀 사이의 작은 공간에 올려두는 일이었다. 잎겨드랑이에서 갈색의 꽃이 피어나는 벨라도나의 달걀 모양 잎들이 흐느적거렸지만 걱정하지 않기로 했다. 모든 생명은 절대자의 손안에 있는 거라는 믿음이 있었다.

"다 죽어가는 화초는 어디서 가져온 거야?"

엄마가 나를 보자 물었다.

"화초 주인이 이 꽃을 기를 수 없게 됐어."

"화초를 가져오려면 생명력 있는 걸 가져와야지 어디서 다 말라비틀어진 화초를 집에 들여. 너도 참……."

엄마는 기분이 상한다는 듯이 미간을 찌푸렸다.

"죽어가는 생명을 살리는 게 뭐가 나빠?"

"치워, 보기 싫어."

엄마의 짜증 섞인 목소리에 나까지 기분이 울적해지는 기분이었다.

"엄마, 요즘 왜 그렇게 짜증이 많아?"

"너 생각이 있는 애니? 아픈 사람이 있는 집에 다 죽어가는 화초를 왜 들여? 엄마 건강 생각해서 빨간 장미나 프리지아 같이 싱싱한 꽃을 가져와야 옳지."

엄마의 말을 듣고 보니 틀린 말이 아니었다. 거기까지 생각이 미치지 못했던 거다.

"엄마 화내니까 얼굴에 주름이 많이 접혀. 엄마는 웃을 때가 예쁜데……."

애교 섞인 말에 굳어졌던 엄마의 표정이 다시 풀렸다.

"근데 이 죽어가는 식물 이름이 뭐니?"

"벨라도나."

"꽃 이름이 어디서 많이 들어본 이름인데 영화 제목인가?"

"영화는 아니고 외국 가수 이름은 있었어."

"그래?"

엄마는 언제 화를 냈냐는 듯이 호기심 어린 눈길로 화초를 보았다.

"엄마, 벨라도나 한번 살려봐."

"나, 화초 잘 못 키워."

"그래도 한번 키워봐. 이 꽃이 엄마에게 행운을 줄지 모르잖아."

"얘, 그런 말이 어딨어?"

"왜 없어? 이 꽃에 주술적인 힘이 있는 꽃말이 있어."

엄마는 주술적인 꽃말이라는 말에 눈이 커졌다.

"중세시대에 마녀들이 자신이 원하는 이성의 마음을 얻고 싶은 사람들에게 이 꽃의 즙을 눈에 바르라고 했대. 그러니까 주술의 도구로 사용한 거지. 그렇다고 이 꽃 즙을 짜서 눈에 바르지 말고. 그랬다간 엄마는 사랑하는 딸을 영원히 볼 수 없는 일이 생길 거야."

"내가 애니? 저런 꽃가루를 눈에 넣을 바보로 보여?"

엄마는 살짝 눈을 흘기며 말했다.

"사랑하면 뭔들 못해?"

"넌 엄마를 몰라도 한참 몰라. 이참에 네 말대로 이 꽃 살려서 그 즙 한번 발라야겠어. 엘리자베스 테일러라는 배우 알지? 지금까지 여덟 번이나 결혼했지만 누구한테도 정착하지 못했어. 엄마는 더도 말고 딱 한 사람과 가정을 일구고 싶은

데 다 팔잔가봐. 마지막으로 이 꽃의 즙이라도 써봐야겠다. 고목나무에 꽃이 필지 아니?"

엄마는 오랜만에 웃으면서 농담을 했다.

아침에 사무실로 출근하자마자 닥터 황에게 먼저 전화부터 했다. 강미후에게 감정적 문제가 발생했음을 그에게 알리며 사후 서비스로 실연파티를 할 계획이라고 전했다.

"꼭 그래야 한다면 어쩔 수 없죠."

닥터 황은 의외로 담담하게 받아들였다. 이별 예후가 좋지 않다는 말을 할 때는 조금 긴장했으나 그의 태도를 보고 파티비용도 함께 청구했다. 닥터 황의 수락에 의외로 일이 잘 풀린다는 느낌이 들었다. 강미후의 실연파티 진행 상황을 사장에게 보고한 후 스마트폰 검색을 했다. 연남동에 있는 분위기 좋은 카페 블로그에 들어가 파티 룸을 살피고 꽃다발도 예약했다.

예약이 끝난 뒤 사무실을 나와 근처에 있는 서점으로 갔다.《이별에 대한 예의》라는 책도 한 권 샀다. 이 책을 보면서 실연의 상처가 완벽하게 극복되기를 바라는 마음을 전하고 싶었다.

5시쯤 연남동으로 바삐 움직였다. 미리 검색해두었던 카페를 찾아 걸었다. 카페 거리를 걷다 보니 '청연'이라는 고딕풍의 간판이 보였다. 야외 테이블에는 외국인 두 명이 쉴 새 없이 대화를 나누는 모습이 보였다.

먼저 카페 안으로 들어가 내부를 둘러보았다. 구석 계단을 올라가보니 2층에 밀폐된 룸이 보였다. 다시 1층으로 내려와 카운터 쪽으로 갔다. 카운터 옆 선반에 드리퍼와 분쇄기, 사진 액자까지 정감 있게 놓여 분위기가 좋았다. 이런 분위기에서 실연파티를 한다면 강미후에게 위로가 될 것 같아 마음이 은근히 설레었다. 주인에게 다가가 주말 예약을 마친 후 카페를 나왔다.

10

"주은아 여기서 뭐 해?"

주은이 아침부터 복도에서 서성거렸다.

"그게…… 저 그게…….''

"뭔데 그래?"

"저 안에 누가 있어요."

주은은 사무실 쪽으로 눈짓을 했다.

"그게…… 여자가 자고 있어요."

"여자가? 어디에?"

나는 여자라는 말에 사무실 문을 열고 안으로 들어갔다. 하지만 사무실 안은 텅 빈 채 사람의 모습은 보이지 않았다.

"뭐야 아무도 없잖아."

"저기 침대에⋯⋯."

주은이 손으로 가리킨 곳은 바로 파티션 너머에 있는 침대 쪽이었다.

나는 조심스러운 발걸음으로 파티션 안을 슬쩍 들여다보았다. 맙소사! 침대에는 굵은 파마머리를 길게 늘어뜨린 여자가 옷도 제대로 걸치지 않은 채 곤히 잠들어 있었다. 내가 조심스레 다가가 여자의 얼굴을 뜯어보았다. 그녀의 얼굴은 꼭 가부키 화장을 한 것처럼 허옇게 들떠 있었고 미간 사이에 작은 점이 도드라져 있었다. 그녀가 몰아쉬는 숨소리가 씩씩거리는 게 내 귀까지 들렸다. 더구나 소주 냄새가 코끝으로 확 풍기는 게 전날 술이 과했던 모양이었다. 여자는 술기운에 몸이 더운 탓인지 옷을 침대 위에 아무렇게나 벗어 던져났다. 여자의 치마가 허리춤까지 말려 올라간 상태였다. 그녀의 드러난 몸 위로 얇은 이불을 반쯤 덮어주었다. 여자는 여전히 깊은 잠에서 빠져나오지 않았다. 발밑으로 뭔가 걸리는 게 있어 바닥을 보았더니 그녀의 빨간 에나멜 구두가 짝짝이로 침대 바닥에 뒹굴었다. 나는 그녀의 구두 두 짝을 가지런히 모아 침대 아래에 나란히 두고 파티션 밖으로 나왔다.

다행히 사장은 아직 출근 전이었다. 만약 지금 이 순간 사장까지 저 침대에 함께 뒹굴고 있었다면⋯⋯. 생각만 해도 끔찍하다. 사장이 사무실에서 숙식까지 하는 게 못내 마음이 편치 않았다. 사장의 주거 공간이 직원들에게는 언제나 부담이었다. 여자 셋이 출근하는 사무실에 침대가 있다는 건 기이한 일이었다. 특히 주은과 유미까지 외근을 나가는 경우가 가끔 있는데 그럴 때면 사장과 단둘이 남아 있어야 했다. 둘 중의 한 사람이 다른 마음을 품는다면 한바탕 소동이 벌어질 여지가 충분히 있는 상황이었다. 그래서 둘만 남는 날이면 은근히 신경이 곤두섰었다. 가끔 사장에게 집에서 주무시지 그러세요? 하고 물으면 사장은 이게 편해,라는 짧은 답변으로 얼버무리곤 했다. 다행히 사장은 그 시간이면 주로 의자에 앉아 컴퓨터 게임을 하거나 전화를 하며 시간을 보내곤 한다. 사장이 퇴근 후 갈 곳이 없다는 것만은 분명했다.

침대에서 태평스럽게 자는 여자의 정체는 뭐고, 여긴 또 어떻게 들어온 걸까? 온갖 상상을 하며 아침 시간을 보냈다. 여자를 깨워 집으로 돌려보낼까 싶다가도 아무래도 사장이 출근해야만 이 일은 정리될 것 같았다.

다시 내 자리로 돌아와 컴퓨터를 켰다. 회사 홈페이지에 질문이나 상담 요청을 한 고객이 있나 찾아보았다. 그때 사무실 문이 벌컥 열리더니 사장이 들어왔다. 사장의 손에는 약 봉투가 들려 있었다. 사장은 우릴 보자 잠시 난감한 표정을 지었다. 우리는 모두 아무 일도 없다는 듯이 각자의 일에 분주히 움직였다. 뒤이어 유미가 문을 열고 들어왔다. 유미는 사무실로 들어오자마자 자리에도 앉지 않고 사장이 있는 책상 쪽으로 다가갔다.

"사장님 지난번 노량진 고시원 남자 있잖아요. 의외로 일이 잘 풀릴 것 같아요. 오늘 중으로 생각해보고 연락준다고 했어요. 그 사람 고시촌 귀신이 될까 두려워해요. 자기 힘으로는 떠날 수 없으니 아예……."

유미의 목소리는 거기서 멈췄다. 유미도 파티션 너머 침대의 모습을 본 게 확실했다. 잠시 후 유미는 말없이 자리로 돌아와 앉았다. 나는 그 모습에 웃음이 터질 것 같아 입을 간신히 틀어막았다. 유미는 나를 보며 침대 쪽을 가리키며 누구? 라는 입 모양을 했다. 나는 유미를 향해 고개를 가로저었다.

12시가 다 되도록 침대에서는 기척이 없었다. 그녀는 지금쯤 어떤 자세로 침대에 누워 있을지 떠올려보았다. 가끔 뒤척거리는 소리가 나긴 했지만 파티션 밖으로 여자가 나오진 않았다. 사장은 시간이 지날수록 안절부절했다.

점심시간이 되자 사장은 밖에서 점심을 먹고 오라고 하며 우리를 내보냈다.

사무실 밖으로 나와 순두부찌개집으로 갔다. 오랜만에 셋이 함께하는 점심이었다. 순두부찌개를 먹는 동안 우리는 그 여자와 사장의 관계에 대해 추리를 해보았다.

"정말 누구야? 사장 아내?"

"지금까지 아내로 보이는 전화 없었는데."

"유흥가 여자치고는 너무 나이 들어 보여."

"저 여자 가만 보면 대단하지 않아? 남의 사무실에서 지금까지 자는 거 보면 간 큰 여자야."

"내 생각에는 사장과 깊은 관계가 있는 게 분명해."

우리 셋은 한참을 그렇게 사장의 여자를 두고 수군댔다.

식사가 끝나고 사무실에 돌아와보니 사장과 여자는 사라지고 없었다. 침대 쪽으로 가보니 구겨진 이불만이 그 여자의 흔적처럼 뭉쳐 나뒹굴었다. 그 흔적들은 상당히 불쾌하고 일할 의욕을 잃게 했다. 이런 분위기에서 일하고 있는 나 자신에 대해 딱 저 침대 위에 뒹구는 이불 같은 모멸감이 느껴졌다. 쾌적한 공간에 복지가 잘되어 있는 회사는 내게 기회를 주지 않았다. 그래도 최소한 자존감을 지킬 수 있는 분위기는 필요했다. 내일도 모레도 이런 사무실에서 일해야 한다면 내 인내심이 어디까지일지 알 수 없었다.

오후에 얼마 전 이혼 의뢰를 한 중년 부인의 전화가 걸려왔다. 그녀는 마음에 결심이 선 듯 일을 시작하라는 사인을 보냈다. 이별 통보를 하기 위해 집 주소를 챙겼고 그녀가 남편에게 전하고 싶은 말과 남편에게 전달할 이별 서류를 챙겼다. 그녀는 이미 집을 나와 모처에 따로 오피스텔을 얻었다고 했다. 나는 또다시 퇴역군인에게 악역을 담당해야만 했지만 특별한 감정은 없었다. 퇴역군인의 일그러질 얼굴 정도가 떠올랐다. 그 얼굴이 마음에 부담을 주지만 그래도 욕심을 내볼 일이었다. 사장은 다양한 사례를 경험하는 게 이별 매니저에게 중요하다고 했다. 내가 하는 일이란 이별을 통보해 주고 이혼 서류에 도장을 찍게 도와주는 일이지만 문제는 퇴역군인을 설득할 수 있을지였다. 일의 특성상 이혼 서류까지 받아내야 하는 이별은 사례비가 세 배나 높았다. 이혼 서류를 받아내는 일인 만큼 강도가 높은 일이다.

점심을 먹은 후 사장은 내게 힘을 실어준다며 의뢰인의 아파트까지 바래다주었다. 차 안에서 사장은 호기롭게 목소리를 높였다.

"이번 일만 잘 성사시키면 가을 씨는 정말 이별 매니저로서 프로가 될 수 있어. 이혼 서류 받고 싶은 여자들이 세상에 많거든. 심각한 부부 문제가 있어도 힘든 과정이 싫어 포기하는 사람 천지라고. 우리같이 이별을 대신 해주는 회사가 있다는 걸 알면 더 이상 이혼을 미루지 않을걸. 변호사 수임료보다 훨씬 싸잖아. 변호사나 자신이 직접 끼어들지 않아도 해결할 수 있는데 얼마나 편한 세상이야."

사장은 자신감이 충만해 있었다.

"이혼을 조장하는 거 아닐까요? 요즘 텔레비전 보면 온통 이혼 얘기 천지던데 사회가 이혼에 대해 너무 쉽게 떠벌려요."

"그건 사회 문제야. 너무 심각할 필요 없어. 이건 비즈니스라고. 이 매니저가 세상의 큰 흐름을 바꿀 거야 뭐야? 거스를 수 없는 선택이야. 우린 그저 누군가의 감정을 대신 맡아서 해결해주고 약간의 수수료를 받는 것뿐이지."

사장은 아주 쉽고 명쾌하게 답을 내줬다.

사장의 차가 의뢰인의 아파트 정문 앞에 닿았을 무렵 내 몸이 딱딱하게 굳은 것이 느껴졌다. 퇴역군인을 만난다는 게 부담이었다. 사장은 아파트 정문에 차를 세웠다. 나는 사장을 빤히 쳐다보며 물었다.

"저 잘할 수 있을까요?"

"너무 걱정 말고 의뢰인 말만 잘 전해. 이런 일 못하면 그 어떤 일도 할 수 없다는 거 명심하고."

사장은 아주 담담하게 말했지만 내게는 섬뜩한 말이었다.

사장은 나를 아파트 입구에 내려주고 차를 돌렸다. 나는 갑자기 어려운 수학 문제를 풀어야 했던 학생 시절처럼 복잡한 심경이 되었다. 의뢰인이 사는 아파트 동을 한 번 올려보았다. 힘을 내야 할 판에 기운이 쪽 빠지고 있었다.

엘리베이터가 7층에 멈췄다. 나는 호흡을 가다듬으며 709호까지 걸어갔다. 막상 709호 앞에 섰을 땐 인터폰을 선뜻 누를 수 없어 한참을 망설였다. '이건 내 밥줄이다'라는 말을 여러 번 되뇌었다. 손가락 끝을 다시 무겁게 들어올려 두 눈을 질끈 감고 벨을 꾹 눌렀다. 벨을 누르는 동안 손가락이 바르르 떨렸다. 조금 뒤에 인터폰에서 굵은 쇳소리가 나는 목소리가 들렸다. 퇴역군인의 목소리가 분명했다.

"저…… 도로나 이별에서 나왔습니다."

"택배요?"

남자는 나를 택배를 가져온 우체국 집배원쯤으로 인식했다.

"아뇨, 도로나 이별이요."

나는 다시 한번 문을 열어주기를 재촉했다.

"지금 와이프는 집에 없는데요. 교회에서 왔다면 그냥 돌아가시오. 우린 이미 종교 생활하고 있으니까."

퇴역군인은 이번에는 교회 전도인으로 취급했다. 나 역시 참을 수 없어 목소리를 가다듬고 소리를 높였다.

"그게 아니라 사모님 심부름 왔거든요."

"이 사람이 무슨 얘길 하는 건지 도통 모르겠네."

퇴역군인이 짜증이 섞인 혼잣말을 중얼거리며 인터폰을 내려놓는 소리가 들렸다. 잠시 후 문이 열릴 때까지, 불과 5초 동안이 꽤 긴 시간처럼 느껴졌다. 문이 덜컥 열리자 자줏빛 트레이닝복을 입은 오십대 후반의 남자가 문밖으로 고개를 내밀었다. 머리칼이 하얗게 센 남자는 미간에 잔뜩 힘을 준 채 소리를 질렀다.

"무슨 일이요?"

퇴역군인의 목소리가 무척 퉁명스러웠다. 나는 심장이 두근거렸으나 목에 힘을 주고 조심스럽게 용건을 말했다.

"전 사모님의 요청으로 집을 방문했습니다. 사모님께서는 정용배 씨와는 이 시간 이후로 부부관계를 지속할 수 없다고 합니다. 이혼 사유는 25년간 함께 살아온 수고가 삼천만 원의 값어치에도 못 미친다는 사실에 충격을 받았다는 것입니다. 고민 끝에 노후를 함께 지낼 수 없다는 결론을 내려 이혼을 요청한다고 하셨습니다. 또 정용배 씨가 평소 사생활에

간섭을 많이 해 대인 관계에 막대한 지장을 초래하는 점도 이혼을 요구하는 이유입니다. 앞으로 이혼에 관한 조율은 사모님 대신 도로나 이별로 전달해주시면 됩니다. 이혼이 마무리될 때까지 당분간 사모님은 모처에서 조용히 지내겠다고 합니다. 그리고 이건 이혼 서류예요."

나는 간신히 이별 통보서를 읽고 이혼 서류를 퇴역군인에게 전해주었다. 퇴역군인은 내가 건네준 이혼 서류 봉투를 받자마자 복도 바닥에 팽개치며 소리부터 질렀다.

"지금 너 뭐야? 나하고 장난하자는 거야!"

퇴역군인의 얼굴 표정이 곧 칠 것 같은 기세였다. 그래도 난 멈출 수 없었다. 이번에는 가방에서 준비된 명함을 꺼냈다.

"이건 제 명함이에요. 언제든 생각이 정리되면 연락주세요."

퇴역군인에게 명함을 건네주는 내 손이 부르르 떨리고 있었다. 그는 명함을 보지도 않고 굵은 손가락으로 구겨버렸다.

"지금 제정신이야? 당신 도대체 누구야? 우리 와이프는 지금 친정 가 있다고! 알아? 장난을 쳐도 상식적으로 해야지. 머리에 피도 안 마른 게 장난질이야!"

퇴역군인의 으름장이 복도 전체를 울렸다.

"전 사모님이 원하는 요구조건을 그대로 전달했을 뿐이에요. 그러니 잠시 흥분 가라앉히시고 앞으로 문제는 저와 의논해주세요. 그럼 전 가보겠습니다."

"그럴 필요 없어! 내가 당신이 누구라고 내 마누라와 이혼 문제를 상의하고 말고 해! 아무리 사기가 판치는 세상이래도 이젠 남의 가정사를 놓고 사기를 쳐? 당장 꺼져!"

퇴역군인의 분노가 이번에는 아파트 전체를 뒤흔들 듯했다. 나는 마지막 인사를 한 후 뒤도 돌아보지 않고 무조건 엘리베이터를 향해 걸었다. 불과 몇 초도 되지 않는 거리인데 멀게만 느껴졌다. 엘리베이터 앞으로 가는 동안에도 그의 분노는 가라앉지 않았다. 퇴역군인의 험악해진 얼굴을 보지 않아도 충분히 분노의 데시벨을 느낄 수 있었다. 정말 다행인 것은 엘리베이터가 여전히 7층에 멈춰 있다는 사실이었다.

1층으로 내려오는 동안에도 그가 꼭 계단으로 쫓아 내려올 것만 같아 심장이 쿵쿵거렸다. 삶은 지뢰밭의 연속이라더니 내가 바로 그 꼴이 된 듯했다. 아파트를 벗어나자 다리에 힘이 쭉 빠져 땅바닥에 주저앉고 말았다. 분노의 감정을 대신 받는 이 일 역시 감정 노동이라는 사실을 깨달았다. 한 사람을 이별시키기 위해서 이런 수모는 당연한 거라고 받아들여야 한다는 게 서글퍼 갑자기 울컥 눈물이 날 것 같았다. 그러나 울 수 없었다. 이 일은 누가 시킨 것도 아니고 내가 선택했기 때문이다.

사무실로 돌아오자 사장은 마침 의뢰인과 통화 중이었다. 잠시 후 사장은 전화를 끊은 후 내게 다가왔다.

"일은?"

사장은 외근 나간 일부터 재촉하며 물었다.

"그 사람 절 완전 사기꾼 취급해요."

"느닷없이 이혼 통보를 낯선 사람에게 받으니 그럴 만하지. 다 예상했던 일이야. 그만한 일에 벌써 맘 약해진 거야. 지랄 맞은 고객은 얼마든지 많아. 이런 일 힘들다면 평생 손가락 빨고 살아야 될걸. 일단 의뢰인한테 전화부터 하고."

사장은 내 투정 따위는 관심이 없다는 듯이 말했다. 나 역시 힘들게 퇴역군인을 만났으니 의뢰인에게 이 사실을 빨리 전해주어야 했다. 중년 부인에게 전화를 걸자 그녀는 내심 전화를 기다렸다는 듯이 반겼다.

"우리 남편이 뭐래요?"

"제 말을 믿지 않으셨어요."

퇴역군인의 반응에 대해 낱낱이 설명했다. 그녀는 예상했다는 듯이 담담했다. 그녀는 재차 이혼 결정은 변함 없다는 말을 전하며 최대한 빨리 일이 진행되기를 바란다며 전화를 끊었다. 냉정하고 침착한 의뢰인과 그녀의 남편이 너무 대조를 이뤘다. 전화를 끊은 후 얼음 위에 서 있는 것 같은 서늘한 기분이 들었다. 일이 쉽게 풀릴 것 같지 않았다. 그런 내 모습을 본 사장이 실실 웃으며 한마디를 던졌다.

"이 정도 일에 벌써 겁먹은 거야?"

"사장님은 그 분위기 몰라요. 진짜 한 대 때릴 기세였어요."

사장 앞에서 조금 전의 상황을 다시 장황히 떠들었다.

"이 매니저한테 일 생기면 내 가만 안 있지. 그러니 맘 단단히 먹어. 어떤 일이든 진상은 있기 마련이야! 우린 끝까지 이혼할 수 있도록 끈질기게 물고 늘어지면 돼."

"남편이 자기 부인에 대해서 그렇게 모를 수 있나요? 나중엔 좀 안쓰럽기까지 했어요. 부부가 너무 오래 떨어져 살면 남남처럼 속을 알 수 없나봐요."

"그거야 알 수는 없지. 우린 그저 서류나 받아주고 깔끔하게 이혼시키면 그만이야. 깊이 마음 쓸 거 없어. 내 문제도 골치 아픈데 남의 문제까지 골머리 썩힐 일 있어?"

사장은 머리부터 발끝까지 이별은 돈이고 비즈니스라는 개념으로 철저히 무장된 사람이었다.

토요일 오전부터 카페 청연으로 갔다. 2층 밀폐룸에 칠레산 와인을 준비하고 케이크와 까망베르 치즈까지 접시에 담았다. 미리 준비해 간 바이올렛 장미를 테이블 위에 셋팅해 두었다. 이별의 꽃치고는 로맨틱한 분위기였다. 마지막으로 《이별에 대한 예의》라는 책을 올려두었다. 프러포즈를 받는 것도 아닌데 이상하게 마음이 두근거렸다. 강미후가 실연을 새로운 시작으로 받아들일 수 있도록 해야 한다.

정오가 되자 강미후가 네 명의 친구들과 함께 청연으로 모였다.

"와! 근사해요. 이런 파티는 처음이야."

강미후의 얼굴에 화색이 돌면서 조금 예상외의 반응을 보여줬다. 일주일 만에 보는 얼굴인데 패인 볼에도 살집이 올라 마음이 놓였다.

"제 친구들이에요. 인사해요."

그녀는 내게 친구들을 한 명씩 소개했다.

"저 이별 매니저 이가을이라고 해요."

"이별 매니저요? 와, 세상에 그런 직업이 있는지 처음 알았어요."

"어쩌다 보니……."

나는 멋쩍게 웃으며 의아해하는 그녀들에게 자리에 앉기

를 권했다. 그녀들을 내 고객으로 만들 생각에 명함을 나누어주었다.

"얘기 들었어요. 미후에게 이별 통보해준 장본인이라면서요?"

"네 미안하게도 악역을 맡았네요."

조용하던 룸에 활기가 돌았다. 나는 먼저 와인 마개를 땄다. 코르크 마개가 뻥 하는 소리와 함께 열렸다. 먼저 강미후의 와인잔에 한 잔을 따랐다. 미후의 친구들에게도 잔을 돌렸다. 강미후가 마지막으로 내게 붉은 와인을 글라스에 따라주었다. 마지막으로 그녀에게 꽃과 카드를 전해주었고 강미후는 내가 건넨 카드를 소리 내어 읽었다.

"나 강미후는 황석원과 이별을 선언한다. 난 실연을 극복할 수 있다. 이별은 또 다른 시작이다!"

"이별은 또 다른 시작이다! 미후 씨의 솔로 됨을 축하하며 건배!"

내가 그녀의 선언을 이어받아 선창했다.

"굿바이 사랑!"

"미친 연애는 그만!"

"남자는 다 죽었어!"

우리는 모두 각자 하고 싶은 이별 축하와 위로의 말을 건

네며 건배를 했다.

"가을 씨 고마워요. 멋진 파티 해줘서요."

그녀는 진심으로 이 파티에 감동하는 것 같았다. 나는 실연파티 비용에 대해선 굳이 입을 열지 않았다. 그녀가 닥터황에게 위로 비용까지 청구해 실연파티를 준비했다는 사실을 안다면 또 어떤 반응을 보일지 알 수 없다. 졸렬한 행동인지 모르지만 지금은 최대한 보수적인 접근이 필요했다. 이때 쇼트커트를 한 친구가 분위기에 취한 듯 말했다.

"남자랑 헤어져서 좋은 건 제모를 안 해도 된다는 거야. 미후야! 이제 맘껏 털이 자라도록 내버려둬. 남자를 위해 매끄러운 피부를 가꾸는 게 좀 귀찮을 때가 있잖아. 특히 매일 겨털 제거해야 하는 수고로 피부 클리닉까지 다니는 건 낭비야."

미후 옆에 앉아 있던 긴 머리 친구가 한마디 더 거들었다.

"당분간 마음껏 먹어! 다이어트 같은 건 잊어버려. 체중계에 매일 올라서는 일 따위는 이제 하지 말자. 싱글로서 너는 마음껏 누려야 할 권리가 있어."

그러자 내 옆에서 다리를 길게 뻗고 앉은 친구가 소리쳤다.

"앞으로 한 사람이 아닌 세 사람이 필요한 섹스를 마음껏 하는 것도 괜찮아."

우리는 남자들이 마치 눈앞에 있는 것처럼 실컷 조롱하며 깔깔거렸다. 강미후도 오랜만에 입가에 미소를 머금었다.

"너희들 말이 맞아. 지금까지 훌륭한 여성들의 삶을 보면 모두 싱글이었어. 에밀리 디킨슨도, 대서양을 횡단한 아멜리아 에어하트도 그리고 원더우먼도. 내가 앞으로 쭉 싱글로 남아 있을지 장담할 수 없지만 이따위 아메바보다도 못한 남자 때문에 눈물 흘릴 수 없어."

강미후는 야무지고 당찬 표정을 지었다.

"싱글은 휴가 같은 거 아닐까요?"

"그럼 미후는 이제 다시 휴가를 받은 거네."

모두 싱글의 자유를 사랑하는 사람들처럼 보였다.

"남친과 헤어진 뒤처리도 만만치 않아. 핸드폰에 있는 번호도 삭제해야지, 카카오톡도 탈퇴해야지. 함께 찍은 사진도 지워야 하고 페북 대문에 걸려 있는 사진 흔적까지……. 가끔 페이스북에 그 사람이 있을까봐 신경도 쓰여. 당분간 번잡한 일이 많을 거야."

쇼트커트 친구는 이별의 달인이라도 되듯이 후유증을 푸념처럼 털어놓았다.

"이제 남자는 인맥 정도로 활용하는 게 어때? 남자들 많이 알아둬서 나쁠 건 없어."

"아직까지 남자로 태어난 것 자체가 스펙일 때가 있거든. 그들의 정보력과 네트워크 정도는 쓸 만하지."

쇼트커트 친구는 자신의 남자 인맥을 과시했다.

"근데 가을 씨 지난번에 새로운 연애법에 대해 알려주겠다고 했잖아요."

강미후가 지난번에 했던 말을 기억해냈다.

"그건 이별 증후군에 대응하는 방식이에요."

모두 눈을 크게 뜨고 내게 모여들었다.

"그게 음…… 그냥 설렘과 흥분만 소비하는 거죠. 별에서 온 그대는 없다는 거, 도민준은 외계인이다 이런 거 알았으니……."

나는 약간의 뜸을 들였다.

"뭐예요 궁금한데 빨리 말해봐요."

"이벤트 연애를 하는 거 어때요?"

"이벤트 연애?"

"별건 아니고 상처를 최소화하자는 거죠. 이 바쁜 경쟁 사회에 언제 자격 갖추고 제대로 된 연애를 해요. 그냥 마음 가는 남자랑 우정을, 몸 가는 남자랑은 가벼운 섹스를 즐기고, 그러다 마음이 움직이는 남자가 있으면 관계를 이어가고, 감정이 바싹 말라간다 싶으면 헤어지는 거죠. 연애도 정규직이 아닌 비정규직 연애, 뭐랄까 인턴 연애만 즐기면 심각하게 갈 필요 없잖아요. 심각하지 않으니 이별할 때도 시크하게 굿바이!"

"와, 그거 괜찮은 아이디어네 보통 여자들은 꼭 한 남자하고만 뭐든 공유하려고 하다 상처받고 하잖아. 인스턴트식 연애에 여자들도 길들여질 필요가 있어."

진한 화장을 한 친구가 우리를 향해 말했다.

"미후 씨도 이번 휴가 끝나면 한번 시도해봐요."

강미후의 상처를 위로한답시고 던진 말들이었다.

"가을 씨는 그런 연애 해봤어요?"

느닷없이 진한 화장을 한 친구가 야릇한 웃음을 머금으며 물었다.

"아, 그건…… 비밀."

나는 당혹스러워 나도 모르게 얼른 화제를 전환해버리고 말았다.

이제 마지막 퍼포먼스를 할 차례였다. 미리 준비한 종이와 검은 매직펜을 꺼내 나누어주었다.

"이게 뭐예요?"

"마지막 이별 의식요. 분노와 상심, 우울한 맘을 날려버리는 거요. 이 종이에 이별 당사자인 황석원에 대해 하고 싶은 말을 실컷 적으세요. 욕설도 좋고 그동안 못했던 말을 다 적는 거죠."

"이거 무슨 장난 같은데?"

"맞아요. 장난, 연애도 장난 같은 놀이잖아요."

강미후와 친구들은 내 말이 끝나도 선뜻 펜을 잡지 못했다. 한참을 망설이던 강미후는 결국 매직펜을 집어들었다. 잠시 골똘한 생각에 잠기더니 이내 쉴 새 없이 종이에다 글을 적었다. 다른 친구들도 잇따라 펜을 들고 종이에 글을 적었다.

잠시 후 종이 위에 적은 문장들을 돌아가며 큰소리로 읽었다. 마치 닥터 황이 눈앞에 서 있는 것처럼 감정의 찌꺼기를 쏟아냈다.

'너 같은 자식은 이제 개도 안 물어갈 거야!'

'이 자식 넌 죽었어. 네가 잃어버린 물건 중 난 가장 큰 다이아몬드였어.'

'넌 내가 수집한 물건 중 최악이야.'

'넌 쓰레기야!'

'이루어지지 않는 사랑에 목숨 걸지 말자!'

그중에 강미후가 쓴 글이 눈에 띄었다.

'넌 날 잃고 나서 뒤늦게 후회할 거야. 내가 소중한 사람이

라는 걸 깨달아도 그땐 이미 늦었어. 네 미래는 캄캄한 지옥, 죽을 때까지 얼룩이 남을걸.'

그녀의 글 속에 아직도 미련이 남아 있다는 걸 알 수 있었다.

"이제 다 적었으면 그 종이로 비행기로 만들어요."

"비행기를요?"

모두 조금 의아해하며 초등학생처럼 종이비행기를 열심히 접었다.

"이제 어떡하죠?"

"밖으로 나가서 멀리 날려버려야죠."

"이걸 진짜 몽땅 다 날려요?"

그녀들은 의아하다는 듯이 물었다.

"그럼 닥터 황을 잡아 날릴까요?"

내 말에 모두 깔깔거렸다. 우리는 룸을 빠져나와 건물 옥상으로 올라갔다.

옥상에서 보이는 건 도로 위 줄지어 늘어서 있는 카페와 불규칙한 파벽돌로 시공한 건물들이었다. 좀 전에 만들었던 종이비행기를 모두에게 나눠주었다.

"이제 힘껏 날리세요. 미련 갖지 말고요."

그녀는 들고 있던 비행기를 하나씩 하늘 위로 날렸다. 흰

색의 종이비행기가 마치 비둘기처럼 느리게 하늘을 비행하다 땅 아래로 하나둘씩 떨어졌다. 그녀의 추억과 사랑이 땅으로 곤두박질쳤다. 지나가던 사람들이 위를 올려다본 후 종이비행기를 주워 그 안에 적힌 글들을 읽어보았다. 그녀의 연애 비행이 끝이 난 셈이다.

"다시 도로 나로 돌아온 걸 축하해요."

나는 그녀를 보며 빙그레 웃으며 말했다.

그녀들이 카페를 떠난 후 룸을 정리한 뒤 그들이 날린 종이비행기를 수거하기 위해 카페를 나섰다. 길바닥에 흩어진 종이비행기를 주우며 이런 행위가 내적 치유의 힘이 있다면 얼마나 좋을까 하는 상상을 해봤다.

오전에 고객 미팅 약속이 있어 조금 일찍 사무실로 출근했다. 오피스텔 복도 입구에 들어서자 주은과 유미가 사무실 주변을 서성거렸다.

"큰일 났어요! 그…… 그 사람이 왔어요. 의뢰인 남편!"

"뭐? 그 퇴역군인?"

"맞아요. 그 사람."

"당신들 정체가 뭐야!"

그때 남자의 굵은 목소리가 복도 밖까지 새어나왔다. 저 목소리의 주인공은 퇴역군인이 틀림없다. 조심조심 사무실 문을 열고 안으로 들어서자 사장은 테이블 앞에서 난처한 얼굴을 하고 있었다. 사장이 나와 잠시 눈이 마주치자 왼쪽 눈을 찡긋거렸다. 퇴역군인이 내 얼굴을 보자마자 소리부터 버럭 질렀다.

"오라, 당신이 가을인지 겨울인지 하는 여자지. 나한테 와서 말 같지도 않은 소릴 지껄인 여자. 나이도 어린 게 뭘 안다고 설쳐! 이거 뭐 남의 가정 깨려고 작정한 일당 소굴이로군."

퇴역군인은 나를 보자마자 잡아먹을 듯 노려봤다.

"저 선생님, 제 말씀 좀 들어보시고 화를 내세요."

나는 퇴역군인의 화를 누그러뜨리려 애를 썼다.

"내 와이프가 연락도 끊고 잠적했다고! 너희들이 작당해 벌인 일이라는 거 아니까 바른대로 말해! 그렇지 않으면 모두 사기 집단으로 고발할 거야."

"흥분 가라앉히시고 제 말 좀 들어보세요."

사장은 그의 흥분을 가라앉히려고 애를 써봤지만 막무가내였다. 퇴역군인은 이미 분노로 얼굴이 붉게 달아올랐다. 눈에 보이는 건 다 깨부술 듯이 우릴 노려봤다. 이번엔 사장이 우격다짐으로 그의 팔을 잡고 소파에 억지로 잡아 앉혔다.

"선생님께서는 지금의 상황이 믿기지 않겠지만 잠시 제 말 좀 들어보세요. 이럴수록 냉정을 되찾아야 합니다. 그리고 현실을 똑바로 봐야 해요. 의뢰인의 입장도 있는 거 아닙니까."

"그게 지금 말이라고 떠들어대는 거요? 내가 20년이 넘도록 가족을 위해 타국에서 떠돌았소. 3년마다 근무지를 바꾸며 매일 그리워한 건 가정이란 말이오. 이제 겨우 타지 근무 마치고 집으로 돌아와 마누라가 해주는 밥 겨우 먹나 했더니 고작 내게 한다는 짓이 이혼이요? 그럴 순 없소. 이건 명명백백 칼 든 강도나 할 수 있는 짓이요!"

그는 이제 목소리까지 덜덜 떨렸다.

"그러시겠죠. 제가 들어도 그 처사는 좀 심하다는 생각은 드네요. 전 선생님 마음 다 압니다. 그래서 저희가 있는 거 아닙니까. 언제든 화가 나고 속이 터질 것 같으면 저희에게 속 시원히 털어놓으세요. 저흰 의뢰인을 대신해 화풀이나 욕설도 얼마든지 들어드립니다. 만약 사모님과 이런 싸움을 한다면 못 볼 꼴 다 보고 결국 원수로 헤어지는 게 되는 거죠. 똥이 무서워서 피합니까? 더러워서 피하죠."

사장은 퇴역군인을 위로하듯 보였으나 결국 속내는 이혼 도장을 찍게 하려는 심사였다.

"선생님 이건 정말 개인적인 비밀인데 저도 사실 이혼했거든요. 처음엔 진짜 미칠 것 같았죠. 와이프가 죽이고 싶을 정도로 원망스러웠어요. 근데 한 1년 지나니까 세상 편한 거예요. 게으름을 부리든 외박을 하든 술을 먹든 누가 잔소리할 사람이 없어요. 더구나 경제적 책임도 반으로 줄죠. 내 돈 내가 쓰는데 누가 뭐랄 거 있나요. 더구나 요즘은 밥해 먹을 걱정도 할 필요 없어요. 마트에 가면 전국 팔도 반찬이 다 있어요. 한마디로 솔로 천국이죠. 전 나머지 인생을 쭉 혼자 살 작정이에요. 그러니까 사장님, 오히려 기회라고 생각하시고요."

사장이 자신의 치부까지 드러내며 고민을 함께하는 모습이 눈물겨웠다. 그러나 퇴역군인의 반응은 냉소적이었다.

"지금 그게 나한테 할 소리요! 세상사람 다 등 돌려도 우리 집사람만은 절대 안 돼! 알아? 내가 누굴 위해 향수병까지 참아가며 외지 근무를 했는데! 이제 집으로 겨우 돌아왔더니 이혼이라니! 누굴 바보 천치로 알아! 독수공방 그리 좋은 거면 당신들이나 실컷 즐기던가. 우리 집사람한테 이렇게 전해! 하늘이 두 쪽 나도 절대 이혼에 동의할 수 없다고. 소송까지 불사할 각오니까 알아서 하라고!"

그는 사장의 숨통을 끊어놓을 듯이 호통을 치며 사무실을 휑하니 나가버렸다.

퇴역군인이 떠난 후 모두 한동안 넋이 나간 듯이 서 있었다. 소송까지 불사하겠다는 말에 사장은 참담한 표정을 지었다. 더구나 퇴역군인이 유책배우자도 아닌 걸 모두 알고 있었다. 그의 마지막 눈빛은 세상에 이런 비상식적인 인간들을 처음 봤다는 표정이었다. 사장의 취향이 결코 퇴역군인의 취향과 같을 수는 없었다. 갑자기 사장이 궤도를 이탈한 위성처럼 위태롭게 보였다.

"저 이 일에서 손 떼고 싶어요."

나는 퇴역군인 이혼문제를 고민하다 결국 오후에 사장에게 솔직한 심정을 말하고 말았다.

"이 매니저 일을 무슨 취향으로 하나?"

사장은 못마땅하다는 투로 중얼거렸다.

"보셨잖아요? 절 잡아먹을 기세로 덤비는 거요. 제가 무슨 사기꾼이라도 되듯 몰아버리는데 어떻게 진행해요."

"그럼 이런 일이 그렇게 쉽게 될 줄 알았어? 이미 잔금까지 받은 상황인데 밀어붙여서 서류 받아와야지."

"이혼을 중간에서 밀어붙인다고 되는 거예요?"

"요즘 사람들 왜 이렇게 나약해. 조금만 어려우면 다 나한테 떠미니 누가 사장인 줄 모르겠어. 이런 일 하라고 월급 주는 거야. 알아?"

사장은 불편한 심기를 드러내 보였지만 사장 역시 풋내기 신입이 할 수 있는 일이 아니라는 걸 어렴풋이 느낀 것 같았다.

"당분간 내가 접촉을 해볼 테니 이 매니저는 지금 진행 중인 다른 건들 빨리 매듭지으라고."

사장에게 일을 넘기고 나니 마음이 조금 홀가분했다. 심리학을 전공하면서 알게 된 사실은 가족은 사랑과 상처를 동시에 주는 존재로 양날의 칼과 같은 두 얼굴을 가지고 있다는 것이다. 나도 이 문제에서 비켜나기 어렵기 때문에 도저히 품고 갈 수 없는 거 아닐까.

11

"커피 타임!"

주은이 테이크아웃 매장에서 커피를 사와 우리에게 돌렸다.

"커피를 돌리는 이유가 뭘까? 뭐가 있지?"

"저…… 사실 결혼해요."

주은이 조심스럽게 말을 꺼냈다.

"아! 진짜? 이 뒤통수 맞는 기분. 커피 갖고 안 되겠는걸. 너무 일찍 결혼하는 거 아냐? 이제 겨우 스물여섯이잖아."

"남자가 나이가 많아서요. 그리고 전 결혼할 맘 있으면 빨리하는 게 낫다고 봐요."

주은은 생글생글 웃으며 말했다.

"우린 나이를 다 어디로 까먹은 거야. 취업 준비로 다 까먹고, 달달한 연애 한번 못해보고 폭삭 삭았으니. 정규직 얻을 때까지 청춘의 알사탕을 반납해야겠지."

유미가 절망스럽게 소리쳤다.

"도로나 이별의 1호 품절녀의 탄생이네."

유미가 호들갑스럽게 커피를 들고 떠들어댔다.

"언니들 놔두고 제가 먼저 가서 미안해요."

주은은 희열에 겨운 듯 웃음을 머금었다.

"미안해할 건 없지만 주은이 넌 요즘 시대에 역행하는 거 알지?"

나는 장난스럽게 한마디 쏘아붙였다.

"네에?"

주은은 우윳빛 얼굴로 수줍게 나를 쳐다보았다.

"미혼 여성들에게 절대 하면 안 되는 세 가지 중 두 개를 벌써 어겼네. 결혼, 애인, 아기, 혹시⋯⋯."

나는 한술 더 떠 그녀를 놀려댔다.

"아, 임신은 아니에요."

주은의 발그레해진 얼굴이 유미를 보며 구원 요청을 하고 있었다.

"축하는 못할망정 잘했어. 아주."

유미가 옆에서 주은의 표정을 보며 분위기를 띄워주었다.

"축하해. 이 불확실한 시대에 결혼을 선택했다는 것 자체가 존경의 대상이야."

주은은 유미의 축하를 받고 그제야 밝게 웃었다. 그녀는 굉장한 현실주의자였다. 작은 회사들을 옮겨가며 소소한 일들을 불만 없이 해나갔다. 대학에 대한 환상도 별로 없었고 직장에 대한 기대 심리도 없었다. 자신이 선택한 삶을 누구와 비교하며 열등감을 사서 만드는 일 따위는 하지 않았다.

"결혼하는 거 두렵지 않아?"

"조금 두렵긴 해요 내 선택이 맞나 의심도 들고요. 그렇다고 개울에 발도 담가보지 않고 깊이를 알긴 어렵잖아요. 결혼은 해도 후회, 안 해도 후회라는데 살아본 후 맘에 안 들면 헤어지죠. 뭐."

"와, 대단한걸. 저 배짱 정말 부럽다. 난 저 나이에 통 큰 배짱 하나 없었을까."

유미가 주은의 명쾌한 태도에 반했다는 표정을 지었다. 듣고 보니 주은은 나이에 비해 성숙했고 통찰이 있었다.

"언니들도 좋은 사람 만나세요. 평생 혼자 살기엔 인생이 너무 길고 지루해요."

"글쎄 남자에 대한 환상이 없어서 문제야."

유미가 서류를 정리하며 대꾸했다.

"그건 인연을 못 만난 거야."

"난 자신 없어. 결혼 시장에서 상품 가치가 없거든. 조건도 외모도 뭐 하나 내세울 게 없잖아. 그렇다고 시시한 남자는 눈에 안 차고. 클럽에서 눈 맞은 경험도 없고, 재고 따지고 달아보고 이런 것도 지겨워. 그래서 시도 안 하는 거야."

"모두 똥차는 피하고 벤츠만 타려고 해서 문제지 뭐. 즉흥적인 만남이 가끔은 좋은 결과를 주잖아. 눈높이를 좀 낮추고 겸손하게 만나는 것도 나쁘지 않은데 말야. 그게 자신이 없단 말이지. 결혼할 땐 눈을 크게 뜨고 결혼 후엔 한쪽 눈을 감으라잖아."

난 결혼에 대해 아는 척을 했다.

"신랑에 대한 검증은 마지막까지 꼼꼼히 하는 것 잊지 마. 마마보이는 아닌지, 숨겨둔 빚은 없는지. 학벌은 좋은데 손버릇이 나빠 술만 먹으면 아내를 개 패듯 패는 건 아닌지 말야."

"아는 선배 하나가 얼마 전 이혼했거든, 이혼 사유가 아주 공포영화야. 전세금 마련할 동안 잠시 시댁에 살기로 했는데 새벽마다 시엄마가 둘이 자는 침실에 몽유병 환자처럼 들이닥치는 바람에 끝났잖아. 특히 엄마에게 부채감이 많은 남자는 조심하라고. 대부분 문제는 가족 안에서 생기거든."

유미의 표정이 자못 진지했다.

"그런 거 일일이 점검하다가는 아무도 결혼 못해요. 완벽한 인간이 어디 있어요. 만약 그런 일이 일어나면 도로나 이별에 의뢰하죠 뭐."

주은의 마지막 대답이 우리 대화에 종지부를 확실히 찍어주었다.

"부인과 끝난 게 내 탓이라는 거야 뭐야!"

사장이 출근하자마자 목청을 높였다.

"사장님 무슨 일인데요?"

"그 퇴역군인 그 인간 정말 질겨. 내가 그 집에 네 번이나 찾아갔는데 망부석이야. 질긴 쇠심줄 같은 인간, 절대 이혼서류에 도장 안 찍겠다고 버티는데 돌겠더라. 여자가 위자료를 주겠다는데도 싫다네. 이거 참."

"의뢰인이 재촉할 텐데 큰일이네요."

"그러게. 소송하자고 덤비는데 막무가내야. 아무래도 남편에게 서류 받기는 애저녁에 틀린 거 같아. 뭔가 대책들 있으면 내놔보라고."

"그 정도예요?"

"남편은 억울하기도 하겠지. 나라도 참기 어려워. 힘들게 외지 근무하다가 검은 머리 희끗희끗할 때 퇴직해 와이프 내조 받아가며 쉬려는데 그 꿈이 산산조각 난 셈이지. 이제 자기한테 다시는 오지 말라고 하더군. 부인한테 전해달래. 법원에서 보자고."

"그래요? 법에서 판결을 내줘야 이 문제는 끝나겠네요."

"사실 말이 나와 하는 말인데 의뢰인이 좀 이기적인 건 맞아."

"평생 초원에서 자유롭게 뛰어놀게 하다가 느닷없이 우리 안에 가두려 하니 갑갑한 거죠. 더구나 평생 가정을 지킨 자신의 몸값이 삼천만 원도 안 된다니 이참에 손절매 하는 거고."

유미가 손톱을 만지작거리며 말했다.

"전 아직 어려서 중년들의 황혼 이혼까지는 몰라요. 그래도 의뢰인도 남편에게 쌓인 감정이 많아 보여요."

"가을 씨도 알아둬. 이런 일 꼭 남의 일 같지? 누구에게나 닥칠 수 있어."

사장은 의미심장한 표정을 지으며 말했다.

"저 이제 서른인데요. 흔들리며 피는 꽃에 돌 던지지 마세요."

난 생글생글 웃으며 장난스레 말했다.

"금방 사십, 오십이야. 서른 넘으면 빛의 속도로 나이를 먹는다고. 허허허."

사장은 내가 나이를 먹는 일을 두려워한다고 생각하는 모양이었다. 사장의 생각은 틀렸다. 나는 오히려 그 나이를 꿈꾸고 있다. 아무것도 이루어지지 않은 지금보다 마흔이나 쉰의 나이에 순응해 있는 것, 그래서 불안함이 사그라지는 그 상태가 필요했다.

외부 상담을 마치고 사무실로 돌아와 회사 메일주소를 클릭했다. 5통의 상담이 와 있었다. 이하영이라는 여자의 메일이 눈에 띄었다. 지방에서 서울로 상경해 대학 생활만 10년째 하는 대학생이라고 자신의 신분을 밝혔다. 대학 생활이 10년이라는 말에 마음이 심란했다. 그녀는 졸업 이후의 취업난이 두려워 학생 신분으로만 머물고 있었다. 취업할 수 없을 것 같은 두려움이 대학이라는 울타리 안에 자신을 가두었다는 내용이었다. 학생이란 신분을 이제 떼어야 하는데 가능한가를 묻는 내용이었다. 옆자리 있는 유미에게 상담 내용에 대해 말했다.

"난 저 심정 이해돼. 학생이라는 신분은 모든 걸 용서하잖

아. 게다가 개천을 떠나 서울로 온 용이 얼마나 고달프겠어. 혼자 깜깜한 방 안에서 키보드나 두드리는 심정, 가족에게 취직했다는 소식을 전해야 하는데 자신은 없고. 스펙은 괴물처럼 점점 사람을 옭아매니, 졸업하고 싶지 않지."

취준생 때의 내 모습이 떠올랐다. 서류에만 백 번 이상 떨어지고 간신히 면접에 오라는 첫 회사의 통보를 받고 얼마나 떨었던가. 면접장 안에만 들어가면 다리가 후들거려 내과에 가서 진정제를 미리 지어 먹고 갔던 기억, 더구나 들리는 소문은 더 취준생들을 힘들게 했다. 가장 준비가 어려운 스펙은 회사 안 인맥이라는 사실을 알아버렸을 때 좌절들. 그때의 기억이 떠오르자 기분이 씁쓸했다.

그때 주은이 점심을 준비했다며 빨리 테이블에 모이라고 소리를 질렀다. 주은의 목소리는 언제나 생기가 넘치고 힘이 있다. 그런 그녀가 한편으로 부러웠다. 나와 유미는 메마른 사막의 모래를 죽을힘을 다해 파내는 사람들같이 보였다. 사막을 파고 파도 물은 보이지 않았다. 그저 신기루만 보여주고 우리는 그 신기루에 속아 계속 지치기만 하는 사람들 같았다.

"강미후가 죽었어!"

"정……정말요? 맙소사! 그럴 리가요."

닥터 황이 아침부터 사무실에 나타나 강미후의 죽음을 알렸다. 분노로 꽉 찬 그의 얼굴이 곧 터질 듯한 홍시 같았다. 얼굴을 아는 사람의 죽음을 듣는다는 건 정말 끔찍했다. 송곳이 심장을 뚫고 지나간 듯 구멍이 뻥 뚫린 기분이다. 순식간에 몸이 굳고 떨렸다. 지금 듣고 있는 말이 믿기지 않아 한참을 입을 떼지 못하자 닥터 황은 다시 소리를 질렀다.

"내가 거짓말한다는 거야? 강미후가 죽은 게 나와 무슨 상관이 있다고 경찰이 나를 지목하느냐고. 진짜 미쳐버릴 것 같아. 당신이 강미후에게 어떤 짓을 했는지 난 모른다고! 강미후의 죽음과 난 아무 관계없어. 당신들이 이 사건과 깊은 관련이 있으니 알아서 다 책임져!"

닥터 황은 목울대가 붉거지도록 쉴 새 없이 화를 쏟아냈다.

"그…… 그러니까 강미후가 자살했단 말이죠?"

난 떨리는 음성으로 말했다.

"실연파티까지 열어주지 않았어? 근데 결과가 이게 뭐야!"

그는 날 노려보며 원망에 찬 소리를 질렀다. 최선을 다했다는 말밖에 더는 할 말이 없었다.

"도대체 어떻게 일 처릴 했길래 자살을 해! 마음의 상처 없이 깔끔하게 처리한다며! 경찰이 병원까지 들락거리며 진상 조사 한다고 난리야. 이런 사실 밝혀지면 난 병원에서 징계 라고. 내 신상에 털끝 하나라도 문제가 생기면 당신들이 다 배상해야 할 거야."

닥터 황의 쏟아지는 항의에 질려 몸이 얼어붙은 듯 굳어버 렸다. 믿을 수 없는 사실 때문에 곧 질식할 것 같았다. 그 역 시 불안한 눈빛이 흔들리기는 마찬가지였다. 나 역시 강미 후의 죽음을 도저히 받아들이기 어려웠다. 일단 유미가 닥터 황의 분노를 겨우 진정시키고 사무실 밖으로 내보냈다. 닥터 황이 사무실을 나간 뒤에도 난 실어증에 걸린 사람처럼 멍하 니 앉아 있었다.

"언니 괜찮아요?"

주은은 옆에서 안타까운 듯이 재차 물었다. 눈앞에 보이는 것이 언제나 정답은 아니었다. 머릿속은 정전 사태가 일어난 것처럼 다시 캄캄했다. 어디부터 잘못된 건지 도저히 답을 얻을 수 없었다. 일방적으로 밀어붙인 이별 통보가 부른 재 앙이었다. 누구나 가끔 자살하고픈 욕망이 있지만 대부분 간 직할 뿐이지 행동하지 않는다. 그런데 강미후는 뒷덜미가 서 늘한 일을 서슴지 않았다.

오전 내내 현기증과 울렁증이 번갈아 왔다. 멀미가 날 것

같아 점심도 걸렀다. 사장에게 연락할까 말까 망설이다 시간
을 다 허비하고 말았다.

점심시간이 지나고 한 시쯤 사장이 사무실로 들어왔다.

"별일 없었지?"

"저…… 강미후가 죽었대요."

나는 기어들어가는 소리로 말했다. 사장은 좀 놀란 듯 미
간을 일그러트렸다.

"강미후?"

"네."

"강미후가 왜?"

"이별을 받아들이지 못한 게 문제였던 거 같아요."

"실연파티 이후로 연락 안 해본 거야?"

"전…… 그냥 잘된 줄 알았어요. 그날 미후 씨도 분명히 이
별을 수긍했고요."

"사람 마음이라는 게 하루에도 열두 번씩 바뀌는 법인데
별탈 없는지 점검했어야지. 그런 것 하나 뒤처리 못해 일을
꼬이게 하나."

사장은 꽤나 짜증스럽다는 듯이 중얼거렸다.

"이별하게 해줬으면 그만이지 우리더러 죽음까지 책임지
라는 거야! 우리가 남의 뒤나 캐는 흥신소도 아니고 24시간

상대를 감시해야 할 이유가 어디 있어. 우린 통보해줬으면 끝이라고. 이 문제 클레임 걸면 약관을 보여줘. 커플 매니저들이 중간에서 소개해주고 뒷일까지 감당하는 거 봤어?"

사장은 이제 아예 대놓고 화를 냈다. 결혼 정보회사에서 할 수 있는 책임의 한계를 짚어가며 강미후의 죽음은 회사와 무관하다고 했다.

"에이씨, 생명줄이 몇 개라도 돼? 이만한 일에 죽게? 나 같으면 몇십 번 죽었겠네. 요즘 여자들 너무 곱게 자란 게 문제야. 진짜 세상 쓴맛을 못 본 거지."

사장은 여자들의 나약함까지 들먹거렸다.

"거기에 왜 여자들이 들어가요?"

사장의 입버릇처럼 붙는 여자라는 말에 나도 모르게 발끈했다.

"힘들어도 살아만 있어라. 버티는 놈이 장땡이다. 끝까지 살아남으려면 방법이 없어. 그냥 버티는 거야. 그깟 남자 때문에 죽기는 왜 죽느냐고! 아무튼 우린 법적으로 아무 문제 없어."

사장은 굉장히 흥분해 책상 위에 놓인 담배를 들고 다시 사무실 밖으로 나갔다. 사장이 사무실을 나간 뒤 우린 다시 패닉의 상태였다. 언제든 사람의 마음은 변할 수 있다는 사실을 간과했다. 사람의 마음은 예고 없는 침입자 같다. 난 일에 충실했을 뿐이다. 분명히 강미후에게 할 수 있는 최선을 했다고 믿었다. 그런데 시간이 지나 바뀔 마음까지 책임지라는 것은 너무한 것 아닌가. 내가 신도 아니고 독심술이 있는 것도 아니다. 어쩌란 것인가.

밤이 늦도록 집에 들어가지 못하고 거리를 헤맸다. 거리의 조명등을 보는 것조차 힘겨웠다. 시간이 지날수록 내 변명들이 궁색했다. 점점 강미후의 죽음이 꼭 내 탓 같아 혼란스러웠다. 강미후의 갸날픈 얼굴이 떠올랐다. 누군가 사랑이란 머리끝에서 발끝까지 변화시키는 힘을 가졌다고 했다. 사랑은 사랑의 대상을 주연의 자리로 올려놓는 행위, 나를 내 삶의 주인으로 살게 하는 힘, 강미후는 그것을 잃어버려 삶의 의지를 포기한 것일까.

다음날 경찰이 사무실로 들이닥쳤다. 상담 업무일지를 압수하고, 사장과 나는 참고인 신분으로 함께 경찰서에 출두했다. 취조실에서 여덟 시간 동안 사건 진술을 했다. 경찰이 추궁하는 건 강미후에게 강압적으로 이별을 종용했는지 여부였다. 그 부분을 있는 그대로 진술했다. 그러나 시간이 지나면서 진짜 죄인이 된 것처럼 마음이 조마조마해 입안에 침이 마를 정도였다.

밤 8시가 넘어 겨우 경찰서를 빠져나왔다. 경찰서를 나온 후 무조건 택시를 잡아탔다. 택시에 타자마자 뒤를 돌아보았다. 꼭 누군가에게 쫓기는 심정이었다. 강미후가 자살을 할 거란 상상을 한 번도 한 적이 없듯이 또 무슨 일이 일어날지 불안하기만 했다.

집에 도착하자마자 거의 실신하듯 침대에 쓰러졌다. 잠을 자는 동안 여러 가지의 꿈을 꿨던 것 같다. 집이 불타는 꿈도 꿨고 물에 빠져 허우적거리는 꿈들도 꿨다. 자다 깨다를 반복하며 새벽에는 중국에 있는 용경협과 같은 산과 깊은 호수에 서 있는 내 모습이 보였다. 붉은 노을이 강렬히 내 몸을 빨아들이고 있었다. 삶과 죽음이 내 한 걸음에서 결정이 되듯 노을로 빨려들어가는 순간 꼭 생사가 갈릴 것만 같았다. 나는 그 협곡을 벗어나려 애를 쓰느라 몸부림을 치다 잠에서 깼다.

눈을 뜨자 예리한 칼끝으로 여기저기를 찔린 사람처럼 온몸이 욱신거렸다. 그렇게 이틀을 꼬박 앓아누웠다. 몸살을 앓은 덕에 회사 출근도 하지 못했다.

　일주일이 지난 후에도 여전히 경찰서 출입을 했고 그 때문에 심신이 지칠 대로 지쳤다. 사장 역시 경찰서에 불려다니느라 의욕을 잃은 사람처럼 넋이 나가 있었다. 그나마 경찰은 최종적으로 강미후의 죽음을 타살이 아닌 자살로 결론을 냈다. 유서조차 남기지 않고 화장실에서 목을 맨 그녀의 사인은 가면성 우울증이라고 했다.

　내가 그녀의 오피스텔을 방문하던 날, 그녀의 우울증이 중증이라는 사실을 어렴풋이 짐작했다. 그러나 그녀의 우울은 내게 중요치 않았다. 그저 이별을 빨리 매듭짓고 기정사실화하고 싶은 마음뿐이었다. 무엇보다 사람의 감정이나 내면을 망각했다. 나는 그녀에게 억지로 이별을 강요했고 마음을 정리할 시간조차 주지 않고 궁지로 몰아붙였다.

　강미후의 죽음으로 이별을 통보하는 일에 두려움이 생겼다. 그녀의 자살로 인해 피해를 본 건 나뿐 아니라 사무실도 마찬가지였다. 사장도 그 일로 인한 피로감에 지친 탓인지 병든 닭마냥 사무실에서 졸고 있는 모습이 간간이 보였다. 그가 담배를 입에 대는 횟수도 점점 늘어났다.

그녀의 자살은 나를 더욱 위축시켰다. 마치 내가 그녀를 죽음으로 몰아간 것 같아 매일 밤 가위에 눌렸다. 심한 통증이 정수리 아래까지 내려왔고, 숨을 고르게 쉴 수가 없는 지경이었다. 두근거리는 가슴을 진정시키느라 매일 편두통약을 먹어야만 버틸 수 있었다. 내 생각이 결국 틀렸다. 사랑이라는 감정은 수백 년 전에 지어낸 명작 속에나 있는 허무맹랑한 이야기가 아니었다. 사실 그녀의 눈이 진실된 사랑의 눈빛이라는 걸 알았지만 나는 애써 부인했다. 세상에 그런 사랑은 없다고 믿어왔기 때문이다. 지금 다시 강미후를 불러내어 말하고 싶다.

'당신을 죽음으로 내몰려고 한 짓이 아니에요! 내가 본 닥터 황은 목숨을 던질 만큼 가치 있는 인간으로 안 보였어요. 강미후 당신은 바보 같은 사랑을 한 거예요.'

그렇게 혼자 외친들 돌이킬 수 없는 일이었다.

막막한 시간이 그렇게 흘렀다. 나는 종종 늦은 밤까지 퇴근하지 않았다. 무거운 기분을 잊고 싶을 땐 술이 최고였다. 냉장고 문을 열어 사장이 먹다 남긴 소주를 꺼냈다. 안주가 될 만한 것을 찾아보았으나 마땅히 없어 참치캔을 땄다. 혼자서 소주잔을 기울이는 시간이 어느새 편했다. 두 잔을 비울 즈음 누군가 사무실로 들어섰다. 유미였다.

"이 밤중에 웬일이야?"

"내일 아침부터 고객 미팅이 있는데 전화번호를 일지에 적어두고 퇴근했어. 근데 뭐야 이 깡소주는?"

"그냥…… 답답해서……."

"너무 힘들어하지 마. 강미후가 죽은 건 가을 씨 탓 아냐. 우울 덩어리였던 강미후 탓이지."

"지금도 강미후가 자살했다는 게 믿기지 않아. 다 내 잘못 같아."

"그런 소리 하지 마. 내가 맡았어도 그런 일은 일어나. 엄마 말로는 인생에는 월반이 없다고 너무 애쓰지 말래. 상상 못할 일들이 터지면서 성장하는 거래나 뭐."

"사실 강미후 처음 만날 때부터 위태위태했어. 내가 오피스텔에 찾아갔을 때 어쩌면 죽으려고 했는지 몰라. 어두운 방 안에 죽음의 그림자가 드리워져 있었지만 내겐 그냥 다 돈으로 보였어. 누군가 아파한다는 사실을 외면한 거야. 내 이기심이 그녀를 죽게 한 것 같아 괴로워."

"자책하지 마. 강미후 알고 보니 공황장애가 있었다나봐. 지난번에 경찰이 사무실 와서 하는 얘기 들어보니까, 정신과

치료 기록도 있었대. 근데 닥터 황이 도화선이 된 거지. 가족과도 연락 안 돼서 경찰이 애먹은 것 같더라. 겨우 고모라는 사람과 연락돼 사체를 인계했다나봐. 아버진 일찍 돌아가시고 엄마 한 분 계셨는데 그나마도 몇 년 전에 교통사고로 돌아가셨대. 그 후로 잠도 못 자고 불안증으로 시달렸다니까. 좀 안타깝더라. 닥터 황까지 강미후 곁을 떠난다고 생각하니 상실감으로 제정신 아니었을 거야."

"정말……."

유미의 말을 듣는 동안 그녀가 견뎠을 지독한 외로움과 고독이 내 몸으로 훅 들어왔다. 그녀에게 닥터 황은 남자친구 이상이었던 것이 아니었을까. 어쩌면 내가 본 건 나비가 거미줄에 걸려 파닥거리는 마지막 몸짓 같은 것이었는지 모른다. 모든 걸 내 잣대로 그녀의 사랑을 낭만적 거짓으로 치부해버렸다. 그녀의 낮고 건조한 목소리가 내게 가혹한 채찍질을 해대는 것 같았다. 한순간 외틀어진 마음이 애써 참았던 눈물을 쏟게 했다. 그동안 경찰서를 들락거리면서도 눈물 한 방울 흘리지 않고 버텼는데, 오늘은 참기가 힘들었다. 그녀의 외로움이 무엇인지 흑백필름처럼 어렴풋이 보였다. 아직 내게는 준비된 말이 없다. 조용한 흐느낌에 유미가 다가와 내 어깨를 토닥거렸다.

퇴근 후 내 방 창 너머로 추적추적 내리는 가을비를 내려다보았다. 난 한동안 경로를 잃어버린 인공위성처럼 그렇게 홀로 남겨질 것 같다. 비는 점점 거세지며 창으로 부딪치는 소리가 커졌다. 빗방울이 건물을 삼킬 것처럼 요란한 소리를 냈다. 그때 엄마가 방에 있던 화분을 들고 내 방으로 들어왔다.

"이 꽃이 결국 말라 죽었네. 이거 버려도 되지?"

엄마가 들고 온 건 벨라도나였다.

"그거 버리지 말고 여기 둬."

"다 죽은 화초를 뭐 하러 달래."

"그냥 두고 나가라고!"

내 손이 엄마의 손에 들린 화분을 낚아챘다.

"얘가 왜 이래? 정말."

"엄마, 미안한데 나 지금 말할 기분 아냐."

이 기분으로 엄마랑 말을 섞으면 더 어긋날 것만 같았다. 엄마는 평소와 달리 날카로운 내 반응에 놀란 듯 방을 나갔다.

벨라도나는 이파리 하나도 남지 않고 누렇게 말라 부스러졌다. 손가락으로 이파리를 조심스레 매만져보았다. 그저 살짝 건드렸는데도 이파리가 부스스 가루가 되어 바닥에 툭 떨어졌다. 마른 잎 가루를 보자 갑자기 눈물이 목 끝까지 올라왔다. 누런 이파리들에서는 생명의 흔적을 찾을 수 없었다.

손가락으로 바닥에 떨어진 가루를 매만졌다. 강미후의 마지막 웃음이 눈앞에 맴돌았다. 그녀는 망망대해에 떠 있는 쪽배 같은 존재였다. 어떤 예감도 눈치채지 못한 둔감한 내가 용서되지 않았다. 그리고 내 인식이 부끄러워서 견딜 수 없었다. 내가 알고 있는 생각들이란 게 얼마나 부조리한 것인지 알게 되었다. 마음에 습습한 바람이 불었다. 허전함과 공허함이 가슴에 울렸다. 그녀의 출렁이던 눈빛과 휘청거렸던 걸음들은 쉽게 잊힐 것 같지 않았다. 꼭 한 번 그녀에게 사죄할 수 있다면 이런 말을 하고 싶었다.

"미후 씨, 당신의 인생을 아는 척, 잘난 척해서 미안해요. 당신이 이곳을 떠나는 건 자유지만 당신을 잃어버린 삶은 더 끔찍하군요. 이제 당신의 분노도 쉬었으면 좋겠네요. 당신은 하늘에서 평안을 얻었을지 모르지만 정작 난 평화롭지 않은 날들이 계속되네요. 힘들다고 내색하지 않을 겁니다. 미후 씨의 삶을 너무 가볍게 여긴 것 용서해줘요."

12

아침 8시 5분, 늦잠 자는 바람에 회사에 지각하고 말았다. 지하철에서 종종걸음으로 숨이 턱에 차도록 뛰었다. 사장은 사무실에서 숙식을 해결하기 때문에 지각하는 사람의 마음을 헤아리지 못한다. 사무실로 들어와 자리에 앉자마자 사장의 잔소리가 환청처럼 들렸다.

"새벽까지 술 퍼마시니까 지각이지! 오늘 감이 안 좋아."

이런 소리를 들을 줄 알고 사장이 있는 파티션 쪽으로 눈길도 주지 않았다. 그러나 사무실은 고요했고 파티션 쪽에는 아무도 없었다. 사장은 출근하지 않았다.

"사장님 오늘 출근 안 했어?"

먼저 출근한 유미에게 물었다.

"그러게, 뭔가 일이 느슨한 게 영 조짐이 안 좋아."

그때 누군가 사무실로 불쑥 들어왔다.

"저…… 사장님 안 계십네까?"

가부키 화장을 한 채 침대에서 자던 그 여자다. 끝음절이 올라간 게 연변 말투가 살짝 섞여 있었다.

"사장님이 요즘 미팅 때문에 외근이 많아요."

나도 모르게 거짓말을 둘러댔다.

"아가씨 사장 집 모릅네까?"

"사장님 댁이요? 글쎄요. 저희는 잘 모르는데…… 그런데 무슨 일이신데요?"

주은은 호기심 가득한 눈을 크게 뜨고 물었다.

"고조…… 사장님이……."

여자는 갑자기 눈두덩이가 붉어지더니 손수건을 꺼내며 눈가를 찍어냈다.

"저기 아가씨들이 절 도와주면 안 됩네까."

"네? 뭘 도와달라는 거예요?"

우린 동시에 침대 여자를 쳐다보았다.

"사실 내래 사장님하고 진즉부터 결혼하기로 했습네다. 근데 사장님 맘이 변했는지 요즘 전화 캉 받딜 않아요. 매일 근심 마이 했습네다. 사장님 오시면 말 좀 전해주라요. 올 연변에서는 여자 울리는 남자는 그냥 김치 굴에 콱 묻어 번진다고 전해주기요. 당장 오늘 안에 데까닥 전화 안 하면 가만있디 안갔다고요!"

여자의 말은 거의 협박 수준이었다. 사장의 숨겨진 사생활이 서서히 수면 위로 올라오는 순간이었다. 아무래도 그녀는 우릴 여자라는 동질감으로 한데 엮으려는 것처럼 보였다.

연변 여자가 사무실을 나간 후 우린 한동안 사장님에 대한 환상이 깨져 혼란스러웠다.

"이런 미친……."

유미가 분노의 일침을 날렸다.

"아무래도 사장님 수상하지 않아? 지금껏 집에서 전화 온 거 못 봤지? 그럼 저 여자랑 진짜 결혼을? 아냐 그럴 리 없어. 사장님이 아무리 눈이 낮아도 그렇지 저 아줌마는 분위기가 영 아닌데……."

"사람 속은 알 수 없어. 저분 침대에 누워 있을 때부터 심상치 않았어."

"스스럼없이 남의 사무실에 턱 하니 눕는 여잔 보통 아냐."

"아예 사장 침대가 자기 집인 걸로 착각하고 눕는 데는 당해낼 재간 없잖아. 사장님은 이제 코 꿰었어."

"잘됐지 뭘 그래. 사장님 솔로면 뭐가 문제야."

"근데 뭐가 무서워서 피해? 그게 수상하다 이거지."

우리 셋은 사장의 사생활에 할증까지 붙여 온갖 상상을 해 댔다.

오후가 되자 사장이 심드렁한 얼굴로 사무실에 얼굴을 내 밀었다.

"별일 없고?"

"그게……."

유미가 먼저 연변 여자 애기를 꺼냈다. 연변 여자가 했던 말을 고스란히 토씨 하나 안 빼고 전했다. 사장은 유미의 말을 듣는 동안 얼굴에 난감한 표정이 역력했다. 유미의 말이 끝나자마자 사장은 불쾌하다는 듯이 말했다.

"그 여자 아주 몹쓸 사람이네. 결혼은 무슨 놈의 결혼. 내 참, 연변서 온 지 얼마 안 됐다길래 말벗 좀 해줬더니 날 갖고 노네. 내 방에 쳐들어와서 혼자 술 퍼마시고 하룻밤 자더니, 이젠 날더러 신랑 노릇까지 하래?"

사장은 멋쩍은 듯 투덜거렸다. 우리는 누구 말이 진짜인지 헷갈렸다. 사장의 얼굴을 보면 사장 말이 맞는 것 같고 여자의 말을 들어보면 사장이 죽일 놈같이 보였다. 누구 말이

옳은 건지 도무지 판단이 서질 않았다. 더구나 하룻밤 만리 장성을 쌓았다고 해서 결혼한다는 것도 말이 안 되는 소리였다.

"어떻게 지내요?"

정말 뜻밖에 도진우의 전화를 받았다. 예상치 못한 전화에 목소리마저 떨렸다. 시내에서 잠시 만나자는 제안이 마음을 흔들었다. 강미후의 자살 이후 의문과 혼돈의 시간을 보냈기 때문인지 그동안 도진우의 존재를 까맣게 잊고 있었다. 그와 전화를 끊은 후 강미후의 트라우마가 도졌는지 불안함이 더 날카롭게 내 몸을 찔러댔다.

오후 3시쯤 약속장소인 카페의 출입문을 열고 들어서자 그의 얼굴이 먼저 보였다. 진청색 양복에 인디언핑크빛 셔츠를 받쳐 입은 모습이 낯설어 보였다. 그는 나를 보자마자 싱긋 웃으며 손을 번쩍 들었다. 그의 밝은 표정에 불안했던 마음이 조금 누그러들었다.

"그간 별일 없었어요?"

나는 조심스럽게 물었다.

"별일 많았지요."

그의 대답에 마음이 뜨끔했다. 자라 보고 놀란 가슴 솥뚜껑 보고 놀란다는 속담처럼 그의 별일이라는 말에 가슴이 철렁했다.

"저…… 혹시 그 여자친구 돌아왔나요?"

"매니저님 말대로 돌아왔어요."

나는 돌아왔다는 말에 가슴을 쓸어내렸다.

"그런데 무슨 일로 저를?"

"제가 다시 한번 의뢰할 일이 있어서요."

그는 커피를 한 모금 입에 대며 말했다.

"무슨 의뢰를?"

"여자친구에게 이별 통보하려고요."

그의 뜻밖의 의뢰에 놀라 들고 있던 커피잔이 잠시 흔들렸다.

"저도 이런 결정을 내렸다는 게 믿어지지 않아요. 곰곰이 생각해봤는데 처음부터 그 친구와는 맞지 않았어요. 제가 그 친구의 취향에 맞추려고 무던히 애를 썼던 것 같아요. 애를 쓰는 건 오래가지 않잖아요. 진짜 감정이 아니니까요. 그리고 한 가지 새로운 사실은 아직도 활자를 보면 가슴이 두근거린다는 사실이에요."

난 그의 말을 듣자 설명할 수 없는 희열이 가슴에 꽉 차오르는 느낌이 들었다.

"원래 가슴 두근거리는 일을 하는 게 맞다잖아요."

"맞아요. 난 나를 버리려고만 애썼어요. 그 친구가 원하는 삶에 맞춰보려고 내 몸에 안 맞는 옷을 억지로 구겨 입은 거죠. 사실 우린 아직도 시간을 어떻게 보낼까 하는 문제로 다퉈요. 전 이 싸움을 이제 끝내고 싶어요. 저랑 취향이 다른 여자와 함께 시간을 보내는 건 할 짓이 아니라는 걸 깨달았어요."

"후회 안 할 자신 있어요?"

여자친구와의 이별 선언에 짐짓 당황이 됐으나 한편으로 그의 깨달음이 내심 반가웠다. 그가 제자리를 찾아가는 것 같아 진심으로 축하해주고 싶었다. 그는 처음 내가 봤던 소심한 작가 지망생이 아니었다. 이제는 내면의 소리에 귀 기울이는 사람처럼 떳떳한 자기애에 충실한 모습으로 바뀌었다.

"물론요."

그가 진심으로 편해졌다는 사실을 짐작할 수 있었다. 나는 그의 의뢰를 흔쾌히 접수하기로 했다. 그의 당당함에 알 수 없는 작은 흥분과 희열이 동시에 일었다. 이 감정의 정체가 무엇인지 알 수 없지만 분명한 건 나쁘지 않았다.

"혹시 가을 씨도 강박에서 벗어나고 싶은 거 있어요?"

그가 느닷없이 개인적인 질문을 했다.

"글쎄요?"

그의 기습적인 질문에 그 순간 내 머릿속에는 아버지가 떠올랐다. 이 세상에 날 있게 한 사람이지만 그 이상도 이하도 아니었다. 아버지와 핏줄이 서로 연결되어 있다고 해도 그것은 이제 과거일 뿐이다. 아버지란 단어가 우리 모녀에게 행복과 불행을 가르게 하는 지점이었는지 사실 그것도 불분명했다. 아버지의 사소한 기억마저 잊고 싶었던 시간이 있었다. 내가 연애에 자유롭지 못한 것도 아버지에 대한 혐오가 아닐까. 한 가지 분명한 건 유년 시절 아버지의 빈자리는 늘 나를 주눅들게 했다. 희미하게나마 결핍의 그림자가 어릉거렸다는 것은 부정하기 어려웠다.

대학교 3학년 때였던가. 머리가 희끗희끗한 노교수님을 보며 처음으로 아버지를 그리워한 적이 있었다. 수업 중 교수님이 딸과의 감정을 털어놓았는데 그는 딸이 원하는 건 뭐든지 들어주는 딸바보였다. 백화점에서 딸의 운동화를 사 가며 딸이 얼마나 좋아할까를 고민했던 교수, 딸의 어떤 부탁도 다 들어주고 싶다는 교수의 그 말을 듣는 순간 지독한 질투심으로 미칠 지경이었다. 그 교수의 딸에게로 향했던 진한 사랑을 내게로 뺏어오고 싶었다. 아버지의 사랑을 독차지하는 딸을 저주의 대상처럼 생각하는 사나운 마음이 진정되지 않았다. 저런 딸바보들을 모두 내 아버지로 만들 수는 없을까? 나 같은 결핍 덩어리인 딸도 있다는 사실을 저 교수는 알고 저런 말을 내뱉는 것일까. 난 그 뒤로 그 교수의 수업을 들어가지 않았다. 노골적으로 그 교수를 경멸했다. 단지 딸을 사랑한다는 단순한 이유였다. 그런데 시간이 지나며 알게 된 건 사실 아버지가 아닌 아버지라는 사람이 주는 안정감을 그리워했다는 것이다.

"가을 씨? 무슨 생각을 그렇게 해요?"

한참을 말없이 앉아 있자 그가 의아해하며 물었다.

"저도 마음에 열꽃이 핀 적이 있었어요. 그 열꽃 때문에 많이 힘들었고, 지금은 그것도 과거가 되었지만……. 중이 제 머리 못 깎는다는 말이 맞네요."

내 앞에 있는 그에게 모난 마음을 들킬까봐 함구했다.

"여자친구와 헤어진다는 결심을 한 후 내 기분이 어떤 줄 알아요?"

그는 날 빤히 바라보며 말했다.

"혹시 후회?"

"천만에! 노래방에 가서 혼자 열 곡 정도 노래를 실컷 부르고 난 뒤 개운한 기분이랄까."

그는 강한 부정을 하며 넉살 좋게 웃어댔다. 내 예상은 보기 좋게 빗나갔다. 단 한 번도 남자친구와 둘이 되어본 기억이 없어 다시 혼자가 된다는 기분을 몰랐다. 누군가는 이별을 하고 또 누군가는 그 이별을 막으려 애를 쓰고 그런 게 세상일지도 모른다. 어쩌면 내게 이별할 사람이 당장 없다는 것도 굉장히 홀가분한 현실일지도 모른다. 난 그의 결정을 존중하기로 했다.

이틀 후 도진우의 여자친구를 그녀의 회사 근처에서 만났다. 그녀는 짧은 단발머리에 카키색 롱 카디건을 걸치고 나왔다. 먼저 그녀에게 내 소개를 했다.

그녀는 나를 보자마자 경계의 눈빛으로 대했다.

"무슨 일이에요?"

"저 먼저 도진우 씨의 메시지를 전할게요. 오늘부로 유세령 씨와 도진우 씨의 관계가 정리되었음을 통보합니다. 도진우 씨는 유세령 씨와 더 이상 시간을 함께 보낼 수 없다고 합니다. 그동안 도진우 씨는 유세령 씨의 취향에 맞춰보려고 노력했으나 쉽지 않았고 이제는 자신을 속이고 싶지 않다고 합니다. 또한……."

난 그 자리에서 정중하게 이별을 통보해주었고 사유를 말해주었다. 그녀는 무척 당혹스러워했다.

"지금 무슨 소리 하는 거죠? 진우 씨가 진짜 그런 말을 했단 말이에요?"

그녀는 아주 난감한 얼굴로 어이가 없다는 듯 물었다.

"네."

나는 짤막하게 대답하며 고개를 끄덕였다.

그녀는 믿을 수 없다는 듯이 휴대전화를 가방에서 꺼냈다. 당장 그에게 전화로 확인하겠다는 투였다. 그녀가 전화를 거는 동안 그녀의 당황하는 눈빛을 지켜보았다. 그녀는 여러 번 도진우 핸드폰 번호에 발신을 눌렀지만 결국 통화는 연결되지 않았다. 그녀는 감정을 자제할 수 없다는 듯 표정이 점점 일그러졌다.

"이유가 뭐라고 생각하세요?"

그녀는 윗입술을 말며 소리를 쳤다.

"그건 상대방의 있는 모습 그대로 받아들이지 않기 때문이에요."

"그가 그런 말을 하던가요?"

"그런 말은 하지 않았지만 짐작이에요."

그녀는 곤혹스러운 표정으로 말을 되받았다.

"내 맘대로 하고 싶었어요. 그도 잘 따라줬고요. 뭐가 잘못된 거죠?"

나를 바라보는 그녀는 도저히 수긍하기 어렵다는 투로 말했다.

"미안해요. 의뢰인의 마음을 돌리는 일은 제 일이 아니라서요. 한 가지 조언하자면 달라진 생각을 다시 전달하는 방법은 그리 좋아 보이진 않아요. 유통기한이 지난 식품은 폐기 처분하는 게 건강에 좋겠죠."

나는 자기 주제를 넘어서려는 말을 더하게 될까봐 서둘러 자리에서 일어서려 했다. 그녀가 내게 말을 다시 건넸다.

"이런 경우는 처음이네요. 답이 안 나오는 고민을 계속하는 것도 바보겠죠. 나도 할 말은 있어요. 그동안 잘 놀았다고 전해줘요. 참 그리고 한 가지 더 있어요. 사람 헷갈리게 하지 말라고 전해줘요."

그녀는 비난이나 힐난은 하지 않았다. 오히려 그 점이 신선했다. 이별이란 누가 선언하느냐에 따라 감당해야 할 크기가 다르지 않나. 비난이나 힐난이 커질수록 자신은 깊은 늪으로 빠질 수 있다. 그래도 이별 통보가 무효라고 소리 지르지 않는 그녀가 당당해 보였다.

집으로 돌아오면서 이런 생각이 들었다. 가슴 설레는 경험도 헤어진 실연의 고통도 없는 내 삶이 완벽해 보이지는 않는다는 것. 상실을 두려워하는 나야말로 겁쟁이라는 걸 좀 전의 그녀를 보며 어렴풋이 알 것 같았다.

그녀와 헤어진 후 도진우에게 전화를 걸었다. 의뢰한 일이 방금 끝났다는 보고 전화였다. 그는 의외로 편안하게 받아들였다. 오랫동안 고심했던 문제였기에 담담할 수 있었던 것 같다.

"저 오늘 시간 되시면 저녁 같이 할래요?"

그가 뜻밖의 제안을 했다. 나는 잠시 망설였다. 내가 왜 망설였는지 이유는 모르지만 만나야 할 것 같아 이내 약속을 잡았다.

그와 만난 곳은 홍게 정식을 잘한다는 연신내 쪽에 있는 작은 식당이었다. 아담한 가정집 1층을 식당으로 개조한 집이었다. 주말마다 문전성시를 이룬다는 이 집은 평일 저녁이라 그런지 사람이 그다지 많지는 않았다. 우리는 종업원이 안내한 작은 미닫이문이 보이는 방으로 들어가 자리에 앉았다. 그는 이 집에 오래된 단골이라고 했다.

잠시 후 종업원이 홍게가 담긴 큰 접시와 반찬들을 들고

와 상에 놓았다. 그는 긴 붉은 게 다리를 거침없이 손으로 쭉 찢어 내게 건넸다.

"이거 먹어봐요. 홍게는 깊은 바다에서 잡히는 놈이라 활 어로는 없어요. 모두 육지에 올라오자마자 죽죠."

생전 처음 보는 홍게였다. 그가 건넨 홍게 다리를 입안에 넣었다. 홍게 속에 꽉 찬 흰 살에 연한 간장 맛이 배어 밥도둑 이 따로 없었다. 입안에서 도는 풍미가 채 가시기도 전에 갑 자기 엄마 생각이 났다.

"엄마가 유난히 게를 좋아해서 봄철에는 게장을 잘 담갔어 요. 근데 요즘 엄마가 몸이 아픈 바람에 게를 먹어본 기억이 없네요."

나는 뜬금없이 엄마 얘기를 꺼냈다. 사실 일을 하면서 가 족 얘기를 꺼내는 경우가 없는데 엄마 얘기가 나도 모르게 자연스럽게 나왔다. 아주 미묘하지만 내가 편하게 말할 수 있었던 건 홍게의 힘일까. 엄마 이야기를 꺼낸 후 그는 집안 의 내력부터 친구 이야기, 공무원 사회의 모순 등 자신의 관 심사를 자연스럽게 실이 풀리듯 술술 풀어냈다. 시간이 어떻 게 흘러가는지도 모르게 식사가 끝나갈 즈음 그가 입을 열 었다.

"지난번에 마음에 열꽃이 핀 적이 있다고 했던 기억이 있는데 그 얘기를 듣고 싶네요."

"아, 그런 걸 기억해요?"

"저만 힘든 일이 있는 줄 알았는데 가을 씨도 있다고 하니 궁금해서요."

그는 진짜 내 속에 숨겨진 이야기를 듣고 싶다는 투였다.

"언젠가 열꽃이 사그라들 때 말할게요."

"열꽃이 사그라들 때라…… 좋아요. 접수할게요."

식사가 끝나고 계산대 앞에서 그가 포장된 봉투를 하나 건 넸다.

"가을 씨, 어머니 갖다드려요."

그는 내게 홍게가 담긴 포장된 봉투를 건넸다. 나는 그의 행동에 잠시 당황했다. 그가 집에서 홀로 식사를 할 엄마를 배려해 미리 홍게를 주문한 사실에 갑자기 가슴이 뻐근했다. 누군가 단 한 번도 내 어머니를 챙겨준 적이 없는 탓일까. 그의 호의를 받아들여도 되는 건지 여러 감정이 복합적으로 들 었다.

집으로 돌아오는 내내 홍게가 담긴 봉투를 보며 조금 전 일들을 떠올려보았다. 정말 오랫동안 잊고 살았던 낯선 감 정이었다. 누군가의 배려에 익숙하지 못한 나지만 이런 배 려를 받으면 나도 모르게 무너지는 느낌은 뭘까. 어쩌면 아버지가 딸에게 주는 첫사랑을 잃어버린 탓일까. 엄마는 늘 내게 배려할 줄 아는 남자를 만나야 한다고 했다. 엄마는 그런 사람에게 내 마음이 열릴 거라는 걸 이미 알고 있었던 것 같다.

"여기서 결혼할 만큼 마음 편한 사람은 주은이밖에 없네. 축하해."

주은이가 오후에 청첩장을 돌렸다. 청첩을 돌리는 그녀의 표정은 아주 밝았다. 사장은 축하한다는 말을 건네며 한동안 청첩장에서 눈을 떼지 못했다.

"사장님 부러운 거 아니에요? 사장님도 그분 있잖아요?"

"누구?"

"아시면서…… 저 침대에서 주무신 여자분요."

유미는 사장의 아픈 곳을 찔러 물었다. 사장은 머리를 긁적이며 난감한 표정을 지었다.

"큰일 났네. 변명도 할 수 없고, 혼자 김칫국 먹고 날 삼류 소설의 주인공 만들어놨으니…… 참."

"그렇게까지 말할 건 없죠."

이번엔 주은이 끼어들었다.

"그래도 얼굴은 고우시던데……."

"사람이 얼굴로 살아? 내 나인 얼굴로 사는 나인 지났어."

사장은 착잡한 표정을 지으며 담뱃갑을 손에 들고 사무실 밖으로 나갔다. 사장은 할 말이 없거나 난감할 때면 꼭 담배를 태우러 사무실 밖으로 나가는 버릇이 있었다. 사장과 지금까지 일하면서 느낀 여러 가지 의문들이 꼬리를 물었다.

얼마 전 사장의 책상 위에서 사진 몇 장을 발견했다. 교복을 입은 여학생이 손가락으로 브이 자를 하며 웃고 있었고 그 눈매가 사장의 눈을 닮았다. 또 다른 사진 속에는 교복 입은 여학생 사이로 낯선 남자와 여자가 함께 찍혀 있었다. 그들은 가족처럼 보였다. 그 세 장의 공통점이 하나 있다면 사장의 얼굴이 없다는 점이었다.

"이 매니저 여기서 뭐 해?"

사진을 보는 사이 어느새 파티션 안으로 사장이 들어와 나와 얼굴을 마주쳤다. 나는 못 볼 걸 본 사람처럼 순간 당황이 되어 사진을 얼른 책상 위에 내려놓았다. 사장은 내려놓은 사진을 다시 들고 입을 열었다.

"이 사진 속에 있는 아이 누군지 궁금하지? 얘가 바로 내 딸 승리야. 이 사진 좀 보라고. 승리 옆에 있는 여자가 내 전처야. 이 남잔 재혼한 남편. 나이가 나보다 열 살은 더 들어

보인다. 아이가 누구랑 살든 뭐 행복하면 그만이잖아."

사장은 묻지도 않은 말까지 해가며 겸연쩍게 웃었으나 그 웃음은 쓸쓸해 보였다.

"저…… 죄송해요."

"괜찮아, 별것도 아닌데. 이 여편네가 얼마나 주책인지 알아? 재혼한 남편 자랑을 내 메일에 보내는 거 이해돼?"

사장은 불쾌하다는 듯이 투덜대었다. 사장은 아내에 대한 분노와 용서의 감정이 용해되지 못한 채 자기 연민에 빠진 것같이 보였다.

13

주은의 결혼식이 있는 날이다. 결혼식은 시내에 있는 작은 성당에서 소박하게 진행됐다. 성당 입구에 들어서자 화사한 꽃 장식으로 꾸며진 포토 테이블이 보였다. 방명록에 하객 이름을 적고 성당 내부로 들어갔다. 10분 정도 늦게 도착한 탓에 혼인미사가 이미 진행되고 있었다.

성당 안으로 들어서자 유미가 하객들 틈에서 손짓을 하며 내게 다가왔다. 연한 베이지 빛이 도는 원피스를 입은 모습이 무척 낯설었다. 평소에 옷차림이 늘 남방 차림이어서 정장을 입은 모습을 본 적이 없었다.

"웨딩드레스 예쁘지. 진짜 대단한 게 자기가 직접 디자인하고 만들었대."

"바느질 솜씨가 보통 아니네. 일하면서 짬을 어떻게 냈지."

"나라면 셀프 웨딩드레스는 죽었다 깨어나도 못 만들 것 같아. 스무 살 때 이미 연애 세포가 죽었거든. 그래도 웨딩드레스 한번 입어보려면 나 홀로 웨딩도 나쁘진 않아. 친한 친구 몇 초대해놓고 근사한 웨딩드레스 입은 모습 사진 찍어두면 그것도 기념이 될 거야."

"그거 좋은 아이디어. 유미 씨 나 홀로 웨딩 때 꼭 참석할게."

유미는 내 말이 우스운지 손으로 입을 살짝 가리며 웃었다.

"근데 사장님이 안 보여."

하객들 틈에서 사장의 얼굴은 보이지 않았다.

혼인미사가 진행되는 동안 주은은 경건했고 진지했다. 허영기 없는 결혼을 담담하게 진행하고 있다는 점이 너무 신기했다. 자기 주도적 인생을 보여주는 것 같았다. 누구의 눈치 따위 보지 않고 자신만의 방식으로 사는 게 쉬운 건 아니다. 문득 난 그런 인생을 살고 있는지 의문이 들었다.

주은은 미사가 끝난 후 성당 앞마당에 나와 하객들과 기념사진을 찍었다. 나와 유미도 주은의 친구들 틈에서 사진 찍었다. 사진 촬영이 끝난 후 성당 뒷마당에 준비한 피로연 자리로 이동을 했다. 테이블에 준비된 음식을 나눠 먹으며 신랑 친구들이 준비한 음악공연도 감상했고 가족들의 축하 메시지를 담은 낭독도 들을 수 있었다. 생각보다 흥겨운 결혼식 피로연이었다. 나에게도 역시 새로운 출발을 하는 신랑신부를 향해 마음에 담긴 덕담을 할 기회가 주어졌다.

"인생은 한 번뿐이야. 주은아! 우리 인생은 자신이 원하는 대로 살아야 해. 넌 타인의 기대에 맞추려고 하지 않아서 멋져! 너의 새 인생을 축하해!"

나는 짧지만 진심을 담아 그들 부부를 축복했다.

피로연이 끝난 후에도 사장은 끝내 나타나지 않았다. 사장의 슬럼프가 길어지는 게 아닌가 싶었다.

[이 매니저, 문자 보는 대로 빨리 사무실로 들어와요.]

외부 상담이 끝난 직후 사장의 호출문자가 왔다. 나는 상담 일정을 멈추고 다급하게 사무실로 들어갔다. 사장은 내가 사무실에 들어온 줄도 모르고 눈을 감고 있었다. 파티션 쪽으로 다가가자 사장은 그제야 눈을 떴다. 사장의 얼굴은 오랜 시간 피곤에 지친 표정이었다. 사장은 나를 보자 한 장의 메모지를 내밀었다. 메모지에는 안산 지역 주소와 함께 '심위화'라는 이름이 보였다.

"내가 이 매니저를 부른 이유는 다름이 아니라…… 그 연변 여자 알지?"

"아, 그분이요."

"진짜 그 여자 때문에 요즘 힘들어. 자기가 내 와이픈 줄 알아. 더구나 스토커처럼 따라붙어 밤낮없이 불쑥불쑥 내 뒤만 따라다니는데 이젠 좀 무섭네. 나랑 결혼하자고 난린데 내가 미쳤어. 지금까지 혼자 잘 지냈는데 무슨 결혼 타령인지."

"사장님 진짜 아무 관계 아니에요?"

나는 사장이 꼬리를 내리는 게 수상했다. 아무래도 무슨 사고를 치긴 친 것 같아 내심 의심의 눈초리로 사장을 쳐다봤다.

"막말로 잠깐 불장난 좀 했다고 쳐. 그런다고 모두 결혼하는 건 아니잖아. 내가 이 상황에서 코까지 꿰여야겠어? 진짜 소름 끼치네. 그래서 말인데 가을 씨가 이번 건 해결 좀 해줘. 난 이 문제에 끼어들고 싶지 않아."

사장은 단호하게 연변 여자를 위험한 인물로 규정지었다.

"사무실로 찾아오는데 무슨 수로 막아요."

"오늘부터 숙식은 다른 곳에서 할 거야. 이 일 잘되면 수당 챙겨줄 테니 당분간 이 문제 신경 좀 써줘."

사장이 내게 요구하는 건 이별 통보와 정리였다. 이별 매니저의 업무와 다르지 않았다. 그러나 강미후 자살 이후 모

211

든 게 조심스러워 선뜻 나서는 게 쉽지 않았다. 더구나 사장 일에 나선다는 게 너무 개운치 않았다.

"솔직히 이 일 맡고 싶지 않아요."

"이 매니저 너무 야박한 거 아냐?"

"아직 강미후 트라우마가 있어서 쉬고 싶은 맘뿐이에요. 사장님이 벌인 일이니 직접 해결하세요."

"내가 해결할 수 있으면 의뢰도 안 해. 쉽게 물러설 여자가 아닌 줄 알면서 그래. 이거 잘만 해결해주면 수당 두 배 줄게. 이것도 고객의 의뢰이기 때문에 이 매니저 일이라고."

사장은 수당과 직무라는 두 가지 수단으로 나를 꼼짝 못하게 했다. 사장도 결국 내 고객이라는 사실을 부정할 수는 없었다. 사장의 강압에 마지못해 일을 맡기로 했다. 사장은 그제야 마음이 놓인다는 듯 좀 전과 달리 표정이 밝아졌다. 이별 전문가라고 스스로 자처하는 사장도 자신의 문제에서만큼은 딜레마에 빠져 허우적거렸다. 자신의 이성 문제조차 떳떳하게 처리할 수 없는 사장의 행동이 이해가 되지 않았다.

아침부터 안산으로 출근했다.

안산역에 내리자 이국적인 풍경이 눈에 들어왔다. 길을 건

너 다문화 거리 간판이 있는 길로 들어섰다. 다문화 거리를 걷다 보니 동남아인과 중국인들이 거리로 쏟아져나와 동남아 도시를 연상케 했다. 외국어로 쓰인 간판에 생소한 식료품들이 즐비했고 두리안이란 열대과일을 파는 노점상들과 날 생선을 빨간 양동이에 넣어 파는 사람들이 눈에 띄었다.

길모퉁이에 있는 외국인 전용 주민센터를 돌자 다세대 주택이 빼곡한 골목길이 보였다. 메모지에 있는 주소가 시작되는 골목이었다. 심위화의 집은 밖으로 빨래가 즐비하게 걸린 붉은 벽돌집 빌라의 2층이었다. 그녀에게 다시 전화할까 망설이다 그냥 유리 새시 문을 두드렸다.

"누귀요?"

연변 말투를 쓰는 남자가 문을 열었다. 그는 턱부리에 수염이 검게 덮여 있었고 민소매 러닝셔츠 사이로 근육질의 어깨가 보였다.

"저…… 여기 심위화 씨 댁이죠? 계신가요?"

"지금 여기 없수다."

남자는 조금 퉁명스럽게 말을 내뱉었다.

"어디 가야 만날 수 있죠?"

"근데 댁은 뉘긴데 우리 마누라를 찾기요?"

"네? 마누라요? 심위화 씨가요?"

그는 분명 심위화를 마누라라고 했다.

"글기요. 댁은 뉘쉬요?"

"전 예전에 같이 일했던 사람인데요. 요즘 통 연락이 안 돼서요."

"지금 큰애가 몸이 아파 연변 갔수다."

남자는 조금도 의심 없이 내게 심위화의 근황을 담담히 말했다.

"저 심위화 씨 남편분 되시나요. 남편분 얘기는 못 들어서요."

"한때 남편이긴 했드랬죠. 이혼했지만 타향살이 쉽디 않아서요. 어쩔 수 없이 한집에 있디요. 그렇다고 오해는 말기요. 아내가 곧 한국남자랑 살림을 합칠 모양이라 이 생활도 끝날 날이 멀디 않았디요."

심위화는 경제적인 이유로 전남편과 한집에서 남남처럼 근근이 살고 있었다. 남자는 심위화가 한국남자를 사귀고 있는 사실까지 눈치챈 듯했다. 오히려 그 남자와 잘되기를 간절하게 바라는 듯한 눈빛이었다.

"아들이 5일 전 급성 심부전증에 걸렸다는 소식에 애 엄마가 급하게 연변으로 가는 바람에 아마 정신이 없을 거래요. 애 엄마가 그 남자랑 잘되면 아들도 한국에 데려올 수 있을 거라고 했디요."

심위화가 만나는 한국남자라면 사장이 분명했다. 남자는 이혼한 아내가 한국남자를 만난다는 사실에 안도하면서도, 아들이 걱정되는 눈치였다. 그녀와 남편은 타향에서조차 협력자면서 조력자였다. 그는 내게 누런 이를 보이며 씨익 웃는 여유까지 보이며 다시 집 안으로 들어갔다.

심위화의 집을 나와 다시 다문화 거리로 나왔다. 그녀를 만나지 못한 게 내게는 오히려 다행이었다. 침대에서 쪽잠을 자던 그녀는 한국남자를 만나 코리안드림을 이루어야 할 이유가 분명히 있어 보였다. 급성 심부전증에 걸린 아들이 마음에 걸려 사장의 편을 들어줄 수 없을 것만 같았다.

다문화 거리가 끝나는 지점까지 걷는 내내 착잡함으로 기분이 가라앉았다. 휴대전화를 꺼내 사장에게 보내줄 문자를 곰곰이 떠올렸다.

[심위화 아들 건강 이상으로 중국으로 출국, 이혼한 남편과 동거 중으로 보임, 심위화 부재로 이별 통보 중단.]

나는 사장에게 지금 이 상황을 간단히 정리해 보고했다. 문자를 본 사장의 어떤 얼굴을 할지 그려졌다.

안산에서 다시 사무실로 돌아온 시각은 점심 무렵이었다. 사장은 날 기다린 사람처럼 날 보자마자 내게 다가와 심위화의 근황을 꼬치꼬치 물었다.

"심위화가 진짜 이혼한 남편과 함께 지내더라는 거지? 그런 줄도 모르고 거 참……. 열 길 물속은 알아도 한 길 사람 속은 모른다더니 딱 그 말이네."

사장은 심위화가 전남편과 동거하며 지냈다는 사실에 분개했다.

"이제 어쩌실 거예요? 심위화 씨가 다시 한국에 오면 짐 싸서 여기로 올 태세던데."

"누구 맘대로?"

사장은 조금 흥분한 듯 입꼬리가 말려 올라갔다.

"전남편이란 사람이 사장님과의 결혼할 거라고 은근히 기대하던데요."

"거, 대책 안 서는 여자네."

"사장님이 그분께 뭔가 언질을 주신 거 아니에요?"

"내가? 미쳤어?"

"그럼 그분이 혼자 그런 맘을 먹었다는 거예요?"

나는 사장 속이 뒤집히는 말만 쏙쏙 골라 했다. 사장이 자기 욕망만 채우고 이기적으로 행동하는 것 같아 좋게 보이지 않았다.

"그럼 내가 진짜 심위화한테 혼인 빙자 사기라도 쳤단 말이야?"

"꼭 그렇다기보다 사장님도 뭔가 빌미를 주지 않았냐는 얘기예요."

"참 나 기가 막히네. 양말 속이라 뒤집어 까 보이지. 인간말종 되는 거 순식간이네."

"전남편이란 사람 힘 좀 쓸 것처럼 보이던데, 이번 일 잘못되면 가만있지 않을 것 같아요."

"혹시 연변에서 활동한다는 청부 살인 조직 아니겠지?"

"설마 그럴 리가요."

사장은 겁먹은 아이처럼 점점 얼굴이 어두워졌다. 사장은 심위화가 처한 상황에 연민 따윈 없었다. 오히려 심위화의 전남편이라는 자가 나타나 자신을 위협할까봐 두려워하는 것 같았다.

퇴근 전 사장에게 월차 휴가를 냈다. 급한 일이 끝나는 대로 휴가를 떠나고 싶었다. 사장은 휴가원을 보더니 못마땅한 표정을 지었다.

"3일씩이나 휴가를 내? 무슨 일이야?"

"개인적인 일이에요."

"꼭 이번 달에 가야 해?"

"지금 아니면 때를 놓치는 일이거든요."

"이 매니저가 자릴 비운다는 게 영 마음이 안 놓여."

사장은 심위화 때문인지 심각한 표정이었다. 그러나 나 역시 물러서지 않았다. 사장은 어쩔 수 없다는 듯이 마지못해 허락했다.

며칠 후 점심시간에 도진우가 근무하는 구청에 잠시 들렀다. 정문 앞에서 전화를 걸자 마침 그는 구내식당에서 점심을 먹고 1층 밖으로 나오는 중이라고 했다. 그는 현관에서 나를 보자 손을 번쩍 들고 이가 드러나도록 미소를 지었다.

우린 1층 로비에 있는 고객 휴게실로 들어가 자리를 잡고 앉았다.

"가을 씨 여기서 얼굴을 보네요. 근데 무슨 일로?"

그는 느닷없는 방문이 의외라는 듯이 물었다. 나는 조심스럽게 입을 열었다.

"전할 게 있어서요. 이거요"

나는 두툼한 노란 각봉투를 내밀었다.

"이게 뭔데요?"

"궁금하면 보세요."

그는 봉투 안에서 빛바랜 대학노트를 끄집어냈다.

"이건 제가 그때 버렸던 스크랩 노트잖아요. 이걸 왜 가을 씨가 들고 와요?"

"이거 폐기 처분할 때 슬쩍 훔쳐봤거든요. 좋은 자료가 많아 버리기 아까웠어요. 활자들이 살려달라고 아우성을 치더라고요. 그래서 슬쩍 했어요. 제가 만약 글 쓰게 되면 활용할 수도 있겠다 싶어서요. 근데 이제 자기 주인을 제대로 찾네요."

그는 노트를 한동안 물끄러미 보았다.

"가을 씨, 선견지명이 있는 거 알아요? 사실 이거 버린 걸 후회했어요."

"진짜요? 사실 그 안에 이야기들이 생생하게 살아 움직여 선뜻 버릴 수가 없었어요."

"가을 씨도 작가 기질 있는 거 아니에요?"

"저도 오래전에 쓰다만 글들이 있어요. 완성은 다 못했지만……. 사람 일은 눈감기 전까지 아무도 모른대요. 제가 또 세상 한번 뒤집힐 이야기를 쓸지도 모르죠."

그는 내 말에 웃으며 싫지 않은 표정을 지었다.

"근데 왜 돌려주는 거예요?"

"주인에게 돌아가는 게 맞는 것 같아요. 제가 남의 것 가지고 있어봤자 내 것이 안 돼요. 다행히 도진우 씨가 다시 돌아왔으니 제자리 찾아야죠."

"글은 제가 아니라 가을 씨가 써야겠네요."

그는 웃으며 스크랩 노트를 받아들었다. 그의 표정이 싫지 않은 눈치였다.

"가을 씨."

그가 잠시 내 눈을 응시하며 나직이 이름을 불렀다. 그의 눈을 보자 설명할 수 없는 감정의 출렁임이 일었다.

"고마워요. 뭔가 이해받는 기분이 이런 건가봐요."

그가 잠시 침묵 후 건넨 말이었다. 그의 말이 후텁지근한 날씨를 다소 상쾌하게 만들었다. 나 역시 마법에 걸린 것처럼 미소가 입가를 떠나지 않았다.

"저 여행 다녀온 후 다시 만날 수 있겠죠?"

"아, 물론요. 가을 씨랑 난 뭔가 통하는 구석이 있네요."

그는 짧지만 분명하게 자기 의사를 표현했다.

그에게 며칠 여행을 떠난다는 이야기를 전하며 그와 헤어졌다. 내가 남자에 대해서 경계심을 풀었다는 사실 하나만으로 내가 변해가고 있다는 걸 알 수 있었다. 그를 만나면 신선한 과일을 한 입 베어 문 기분이라고 할까. 서른 살에 이런 들뜬 기분이 과히 나쁘지 않았다. 연기처럼 사라져버릴 감정이라도 한 번은 붙들어볼 가치가 있는 것 아닌가.

늦은 오후, 누군가 사무실 문을 벌컥 열었다. 맙소사!

심위화가 사무실 안으로 들어섰다. 심위화의 얼굴을 보자마자 나도 모르게 들고 있던 서류를 놓치고 말았다. 심위화의 손에는 검은색 바둑무늬 여행 가방 두 개가 들려 있었고 사생결단의 각오가 서 있는 사람처럼 앙다문 입이 눈에 보였다. 나와 유미는 너무 놀라 할 말을 잊어버린 채 멍하니 심위화만 바라보았다.

"사장님 어디 갔습네까?"

"사장님 안 계시는데요?"

"없어도 이제 상관없수다. 그냥 오늘부터 그 인간 나타날 때까지 여기 있을거우다."

심위화는 자기 집에 온 사람마냥 자연스럽게 가방을 파티션 안쪽으로 밀어넣었다. 이렇게 빨리 심위화가 사무실로 들이닥칠 줄 몰랐다. 아무래도 사장은 이 상황을 예감한 듯 며칠째 잠적 중이다. 이 난감한 상황에 바람 빠진 풍선처럼 나는 한숨을 내쉬었다. 여행도 가기 전에 미리 지칠 것 같았다. 심위화는 뭔가 단단히 벼르고 온 사람처럼 눈빛에 날이 서 있었다. 자칫하면 사무실이 그녀의 하숙집이 될 처지였다.

"저…… 이러시면 곤란해요. 여긴 회사지 집이 아니에요."

"난 그런 거 모르우다. 지금 내 뱃속에 정 사장의 아이가 숨

쉬고 있수다. 정 사장 안 나오면 여기서 한 발자국도 못 움직이우다. 오늘부터 여기서 먹고 자고 한 발자국도 움직일 생각 없수니 빨랑 정 사장한테 연락하우다!"

심위화는 거의 악에 받친 얼굴로 핏대까지 세워가며 소리를 질렀다. 유미와 나는 임신이라는 말에 입이 다물어지지 않았다. 그때 마침 전화벨이 울렸다. 내가 수화기에 손을 뻗자 심위화가 순식간에 낚아채어갔다.

"여보세요! 도로나 이별 이따우 것 안 합네다. 그러니 앞으로 전화하지 마우다."

심위화는 거칠게 수화기에 대고 소리를 질렀다. 그녀는 회사 문을 닫게 할 작정으로 덤볐고 우린 그녀가 애를 가졌다고 하니 함부로 끌어내릴 수가 없어 그저 손 놓고 이 광경을 볼 수밖에 없었다. 자칫 몸싸움이라도 벌이다 유산이 된다면 상상 못할 일이 벌어질 게 뻔했다. 진짜 물귀신은 이제 사장이 아닌 우리를 향해 달려들게 불 보듯 했다.

"저기요. 이건 영업 방해예요. 이런다고 사장님이 오지 않아요. 그러니까 오늘은 돌아가시고요."

나는 조심스럽게 심위화의 감정을 가라앉히려 애를 써봤다. 심위화는 내 말 따윈 듣지도 않고 이젠 의자도 아닌 책상 위에 경중경중 올라가 자리에 철퍼덕 주저앉아버렸다.

"사장 오기 전엔 한 발자국도 여기서 못 나간다고 전하라
요. 끝까지 안 나타나면 이 회사 내가 접수할 테니 알아서들
하기요!"

심위화는 눈을 위로 치켜뜨고 입에 거품이라도 물고 쓰러
질 듯 독이 올라 있었다. 머리에 흰 천만 두른다면 그녀는 투
쟁의 여전사처럼 보일 것 같았다. 독이 오를 대로 오른 그녀
의 모습은 목이 긴 슬픈 짐승이었다. 사랑을 향해 이토록 맹
목적이고 두려움 없이 돌진하는 모습에 내가 할 수 있는 건
없었다. 목숨조차 사랑 앞에서 대수롭지 않다는 듯이 생명을
던진 강미후, 아픈 자식을 홀로 남겨두고 한국행을 강행했던
심위화, 유통기한이 1년도 안 되는 남자를 사랑해 무모하게
미혼모가 되어버린 엄마. 26살에 결혼에 자신의 인생을 걸어
버린 주은. 갑자기 머릿속이 혼란스러웠다. 세상에 모든 건
변한다,라는 사실 한 가지만 변하지 않는다고 하지 않았던가.
그럼에도 모두 자신의 욕망을 태우고 있었다.

"안 받아."

유미가 참다못해 사장에게 전화를 걸었으나 연결이 되지
않았다. 사장은 이런 상황을 안다고 해도 사무실에 나타나지
않을 사람이다. 심위화는 신발도 벗지 않은 채 책상 위에서
도무지 내려올 생각을 하지 않았다. 이번에는 사무실 전화를

자신의 휴대전화로 착신전환시켜버렸다. 그녀는 오늘밤 작정하고 사무실에서 밤샐 모양이었다. 이렇게까지 해서 사장을 잡아야 하는 절실함이 생존 때문일까? 사랑 때문일까? 헷갈린다. 순간 발가벗은 그녀의 사랑이 불쾌했다. 그녀의 날것 같은 모습을 보는 게 괴로워 남은 일을 유미에게 부탁하고 사무실을 나왔다.

사무실을 벗어나자 왠지 모를 우울감이 엄습했다. 이럴 때 자메이카의 폴리포인트 등대가 눈앞에 있다면 그곳으로 가서 몸을 웅크리고 한동안 숨어 있을 것 같다. 그곳이라면 지상의 일들을 충분히 잊을 수 있지 않을까.

집에 도착할 즈음 핸드폰 진동이 가방에서 울렸다. 사장의 번호였다.

"심위화 사무실에 왔지?"

사장은 모든 사실을 안다는 듯이 담담하게 물었다.

"지금부터 내 말 잘 들어. 아무래도 일이 재수 없게 틀어진 것 같아. 심위화가 이번에는 임신했다며 협박하는데 그게 내 자식이라는 증거도 없고, 더 큰일은 만약 이 사실이 전남편 귀에 들어가면 가만있지 않을 거라는 거야. 연변 거지들이라도 떼로 닥쳐봐. 상상만 해도 끔찍해. 당분간 회사에서 손 뗄 생각이야. 이 매니저가 일이 조용해질 때까지 사무실 일 좀 맡아서 뒤처리 좀 해줘. 그 안에 잠잠해지면 다시 연락할게. 지금은 일이고 뭐고 조용할 때까지 숨어 있는 게 상책일 것 같아."

사장의 무책임한 잠적 계획에 어이가 없었다.

"제가 왜 이런 골치 아픈 일까지 신경 써야 하죠?"

"자긴 여기 직원 아냐? 지금 당장 그만둘 거 아니면 이것도 운명이려니 하고 묵묵히 하는 거야."

사장은 그 말만 하고 일방적으로 전화를 끊었다. 사장은 골치 아픈 일을 내게 맡기고 자신은 어디론가 내뺄 궁리만 하는 사람처럼 보였다. 사장이 너무 쉽게 꼬리를 내리는 모습에 배신감과 실망이 뒤엉겼다. 회사에 대한 포부와 열정으로 큰소리치던 사람이 순식간에 여자 문제로 무너질 수 있다는 것이 의아했다. 삶의 민낯은 비겁함과 이기심이고 이걸 조금씩 인정해가는 게 철이 든다는 것일까.

남자 나이 마흔은 아직은 완성의 나이가 아니었다. 사장을 보면서 서른셋의 아버지가 떠올랐다. 지금 생각해보면 나보다 세 살 많은 나이의 아버지였다. 서른셋의 아버지는 사장처럼 실수투성이며, 비겁하고 용기 없는 남자였을까. 나는 앞으로 살 날들에 대해 아득함을 느끼고 뭐가 옳은지도 모르겠다. 아버지도 서른셋의 나이에 나와 같은 기분이었을까? 아버지도 나이가 조금 더 들었다면 성숙한 방식으로 나와의 관계를 정리했을까? 별별 생각이 머릿속을 헤집었다. 오랫동안 가슴을 짓누른 아버지에 대한 묵은 감정과 이별하는 시간은 올 수 있을까. 그러나 억지로 이별하고 싶지는 않다. 언젠가 자연스레 묵은 감정들과 이별할 날이 올 거라는 생각이 든다.

당분간 회사 문제를 잊기로 했다. 거대한 폭풍우가 바다를 뒤덮을 땐 할 수 있는 게 아무것도 없다. 그저 몸을 파도에 맡기는 수밖에. 난 여전히 무섭고 어두운 곳에 홀로 떠 있다. 안전한 부둣가를 찾을 수 있을지 지금은 아무도 모른다.

14

남해로 가는 고속버스를 탔다. 내게 주어진 시간은 3일이었다. 처음으로 나 홀로 여행을 준비했다. 앞으로 가야 할 길이 한없이 멀게 느껴졌다. 자꾸 조급해지려 했다. 그래서 스스로 천천히 가자고 말했다. 스스로 멈춰서야 할 시간이었다.

지금까지의 나는 마치 철거용역 하듯 이별을 통보하고 성과를 내려는 데 급급했다. 돈 가진 자의 요구에 비정하리만큼 부응해 정을 떼어내려 했다. 강미후의 죽음을 통해 내가 무엇을 하며 살아왔는지 회의감이 들었다. 사장의 위선적인 모습에도 실망을 감출 수 없었다. 다시 한번 내가 가야 할 길을 정리하고 가야 할 타이밍이었다.

고속버스 휴게실에 도착할 즈음 휴대폰을 확인해보니 카톡이 와 있었다. 유미였다.

[심위화, 사무실에서 철수했어. 근데 캐리어가 침대 위에 가지런히 놓여 있는 거 봐서는 언제 들이닥칠지 몰라. 주은 이도 신혼여행 떠나고 가을 씨도 남해 여행이고, 나도 이참에 사무실 문 닫아버릴까?]

[지금 같은 상황에 사무실 비워 미안해. 내가 다시 사무실로 돌아가면 유미 씨도 잠시 휴가 떠나. 지금은 뭔가 비워내야 숨을 쉴 수 있을 것 같아.]

[그냥 해본 소리임. 자기의 휴가 가라는 말은 진짜 위로가 됨.]

유미에게 처음으로 동지애를 느꼈다. 마음에 별 하나가 반짝거린다고 할까. 위기에는 연대가 나쁘지 않은 위로였다.

남해는 엄마의 말대로 청정지대였다. 먼저 숙소를 정했고 바다가 보이는 방으로 달라고 했다. 자메이카의 폴리포인트 등대가 보이는 곳은 아니었지만 하늘과 바다가 모두 오렌지 빛으로 물들고 있었다. 꼭 호수처럼 잔잔한 바다 뒤로 멀리 굽이굽이 산 능선이 보이는 게 상당히 매력적이었다. 산 능선 뒤로 붉은 해가 완전히 지기 직전 갑자기 섬광처럼 환해지는 모습이 보였다. 지금 이 순간처럼 내 인생도 다시 환해질 수 있는 시간이 주어질 거라는 막연한 기대를 해보았다. 그리고 저 노을을 위로의 일몰이라고 명명해보았다.

고단함이 밀려왔다. 침대에 누워서 이 생각 저 생각 하며 뒹구는 것도 기분이 나쁘지 않았다. 지금 이 순간 기분 좋은 평화를 누구에게도 방해받지 않고 오롯이 혼자만 누리고 싶었다.

파도가 불어오는 밤바다를 멍하니 바라보니 떠오르는 사람이 있었다. 모두가 이별을 의뢰할 때 나는 처음으로 도진우에게 먼저 손을 내밀어보고 싶은 충동이 강하게 일었다. 그 남자와 어떤 책을 읽을지 대화를 나눠보는 것도 흥미로울 것 같다. 그 남자에게 나만의 방식으로 사귀자고 해보는 나답지 않음을 상상하며 가슴이 벅차올랐다. 주은의 말대로 헤어질 때 헤어지더라도 감정까지 무시하는 건 비겁한 일인 것 같다. 사람에게 후회는 두 가지가 있다고 했다. 이루지 못한 것들의 후회, 또 하나는 헤어짐 뒤에 오는 후회다. 나는 이제 알지 못한 것들을 후회하기 위해 시작을 하려 한다. 아마도 헤어짐 뒤의 아픔이나 후회 따위로 상처받을지 모르지만 두려워하지 않기로 했다.

"여행은 좋았어?"

사무실로 출근하자 유미가 물었다.

"나쁜 기억들을 모두 바닷속에 던지고 나니 후련하네."

"잘했어."

유미는 커피 메이커에서 따뜻한 커피를 내리며 말했다.

"참, 이거 잊기 전에 줘야겠다."

나는 가방 속에서 흰 봉투를 유미에게 건넸다.

"이게 뭐야. 사표잖아."

나는 고개를 끄덕였다.

"결국 이것 때문에 여행 갔던 거네. 강미후 트라우마가 컸구나."

유미는 안타까운 눈으로 나를 바라보며 커피잔을 건넸다.

"이번 일이 내게 약이 됐어. 나쁘지만은 않아."

"그래도 이건 너무 했다."

"미안해. 끝까지 함께하지 못하고 그만두네."

"그럼 앞으로 무슨 계획이라도 있어?"

"그냥 시간제 알바를 하더라도 내가 하고 싶은 거 하면서 사는 게 나란 사람이 갈 길인 것 같아. 난 돈만을 위해서 달려갈 수 없는 사람이라는 걸 알았어. 생각해보면 내 이십대는 온통 사회적 기준에 맞춰 살려고 발버둥 쳤던 시기인 것 같

아. 근데 이제 서른이 된 난 그런 나와 이별해야 할 시간이라는 걸 깨달았어."

"여행 가서 많은 생각을 했네. 그래도 난 좀 아쉽다."

"유미 씨는 나랑은 다르잖아."

"나도 사장 생각하면 진짜 화나지만 당장 그만두지 못할 것 같아. 여기서 그만둔다면 난 또다시 부도 수표 신세가 될 거야. 당분간 주은이랑 같이 사무실 꾸려볼 거야. 그리고 사장 없이도 내가 잘해낼 수 있다는 걸 똑똑히 보여줄 거야."

유미는 역시 현실적이었다. 그런 유미의 모습이 나쁘지 않았다. 누군가는 현실을 살아야 한다. 모두가 나와 같은 결정을 할 수는 없다. 유미는 내가 없는 3일간 회사 운영에 대해 나름 고심한 눈치였다.

"앞으로 사람 간의 이별 상품은 좀 바꿔야 할 필요가 있다고 생각해. 이별 대상자에게 일방적으로 의뢰인 입장만 통보하는 일은 하지 않을 셈이야. 이별 의뢰인에게 이별 코칭을 할 거야. 이별 대상자가 의뢰인을 스스로 포기하도록 선택할 수밖에 없게 만드는 거지."

유미는 자신이 새롭게 구상한 프로그램을 내게 설명했다.

"맞아. 그거 좋은 생각이야. 의뢰인이나 이별 대상자 모두 자존감 상하지 않도록 이별하는 방법을 안내하는 게 중요해."

나는 유미의 구상에 첨언을 했다.

"한마디로 이런 거야. 이별에도 밀당이 필요하다는 거지. 연애도 밀당이 필요한데 헤어질 때도 이별 밀당의 기술이 필요해. 모두가 이별이 서툴기 때문에 두려운 거잖아. 사랑의 종말이 이별이지만 자연스럽게 싫어질 수밖에 없게 유도하는 거 좋은 생각이야."

"더 많이 사랑한 사람이 패배자니까 의뢰인의 매력을 제거해주는 거지."

"의뢰인의 매력을 제거하는 거 아주 유쾌하겠는걸."

유미와 나는 신세계를 발견한 듯 환호성을 질렀다. 이때 누군가 사무실 문을 열고 들어왔다.

"출근들 하셨수까?"

사무실 문을 연 건 뜻밖에 심위화였다. 심위화가 다시 우리 앞에 나타났다. 우린 너무 놀란 나머지 반쯤 넋이 나가 있었다.

"으쩨 기렇게 놀란 눈 하고 있수까."

"사장님 당분간 여기 안 계세요."

"그건 알고 있쉐다. 내 오늘부터 여기 출근할 거웨다."

출근이라는 말에 유미와 나는 기함을 하며 눈을 마주쳤다.

"출근이라뇨?"

유미가 뾰족한 말투로 물었다.

"사장이 돌아올 때까지 이녁도 여기서 일한다 이 말이요. 목구멍이 포도청이라고 먹고살아야 할 거 아니래요. 사장이 래 돌아올 때 되면 올 거이고 몇 개월 뒤면 뱃속 아도 태어날 긴데 가만있을 순 없지요. 아바이가 이 회사에 있는데 죽기야 하겠소. 뭐든 시키기만 하래요. 내 이래뵈도 흑룡강 억순이요."

심위화는 각오를 단단히 한 듯 우릴 향해 말했다. 나와 유미는 그녀에게 어떤 말로도 반박할 수 없었다. 그녀를 보는 동안 몇 명의 여자들이 떠올랐다. 그녀들은 무모함이란 공통점을 가지고 있지만 미워할 수 없었다. 무모한 행동을 한 번도 하지 않고 성인이 되는 사람은 없는 것 같았다. 그녀의 말이 틀린 게 아니었다. 그녀와 뱃속 아기가 살려면 일이 필요했다. 사장은 회사가 사라지지 않는 한 돌아올 게 분명했다.

"그래요. 여기서 일하면서 사장 기다려봐요."

유미가 통 크게 허락을 하고 말았다. 골칫거리를 또 하나 안고 갈 유미가 걱정되었지만 유미는 내게 괜찮다는 안도의 눈빛을 보냈다. 난 유미의 눈빛을 조금 알 것 같았다. 심위화의 삶의 일부분을 이해할 수밖에 없다는 의미와도 같았다. 인생은 4지 선다형의 객관식 문제가 아니듯 지금 이 결정이 정답이 아닐 수 있다. 그러나 우린 가장 최선의 답안을 찾아 갈 뿐이다.

　책상에 앉아 노트북을 켰다. 대학 때 끄적이던 소설 원고 가 문서 파일에 그대로 있었다. 미완성 원고지만 완성해보고 싶다는 욕구가 춤을 추었다. 그동안 막연히 취업이라는 환영 에 쫓겨 나를 돌아보지 못했다. 그래서 단 한 번도 내 꿈을 존 중하지 않았다. 내가 진짜 하고 싶은 것에 무척 인색했다. 애 당초 나란 사람은 꿈을 이룰 수 없는 사람이라고 스스로 규 정했기 때문이다. 여기까지 생각이 미치자 미완성 원고가 원 석처럼 보였다. 아직 버리지 않은 꿈이 씨앗처럼 남아 곧 싹 을 틔울 것만 같았다.

　물을 줘야겠다. 물을.

[우리 오늘 서점데이트 할까요?]

난 몹쓸 놈의 자존심을 버리고 도진우에게 문자를 넣었다.

도진우는 나의 도발에 즉시 화답했다.

[센스 있는 장소네요.]

용기 내어 문자를 보낸 건 잘한 결정이었다. 나는 그가 보고 싶었다. 처음으로 내 마음 그대로 숨기지 않고 행동으로 옮겼다. 내 속에 있는 소리를 분명히 두 귀로 들을 수 있었다.

시내에 있는 서점은 평일이라 그런지 사람이 덜 붐볐다. 이달의 신간 코너에서 책을 살피며 시간을 보냈다. 잠시 후 누군가 내 등을 살짝 치는 촉감을 느꼈다. 도진우였다. 그의 가슴께로 기분 좋은 체취가 와 닿았다. 그리운 냄새였다. 그가 나를 보며 지그시 웃고 있다. 그 순간 서점 안의 소음이 멈춘 것 같다. 볼에서 화끈거리는 열감이 올라왔다. 무모하게 사랑에 빠진 여자들이 이런 감정 때문에 헤어나오지 못하는 건가. 나는 비로소 그를 보자 느리게 박동하던 심장이 빠르게 뛰는 걸 느낄 수 있었다.

"무슨 책 보는 거예요?"

"책을 보려고 왔는데 눈에 들어오는 책이 없네요."

"그럼 제가 하나 골라드릴까요?"

그는 건강한 웃음으로 나를 에세이 코너로 이끌었다.

"제가 요즘 중국 작가인 다빙에 좀 빠져 있거든요. 이 책 어때요?"

그가 고른 책은 《어떤 인생 여행자가 보통의 너에게》라는 책이었다.

"다빙은 이력이 특이해요. 방송 진행자이면서 은세공 기술자이고 가수이기도 해요. 생존할 수 있는 모든 걸 갖춘 사람 같아 재미있어요."

"아마 인생을 놀이터쯤으로 생각한 모양이죠."

"우리도 이런 건 좀 배워야 해요. 저도 책 가지고 노는 걸 좋아하는 걸 보면 언젠가 책 한 권 내는 날이 있겠죠."

"당연히요. 우리 누가 먼저 책을 내는지 경쟁해볼래요?"

"아, 진짜요? 야, 이거 경쟁자 생기니까 갑자기 없던 의욕이 막 생기는데요."

그는 작가의 꿈을 품어온 사람이 다름 아닌 나라는 사실을 알고 꽤 놀라는 눈치였다. 곧이어 회사에 사표를 냈다는 사실을 그에게 알렸다. 그는 앞으로 내 꿈을 응원하겠다고 했다. 그리고 첫 원고의 독자는 자신이 될 거라는 말도 해주었다. 나는 그 말에 오랫동안 그의 얼굴을 바라보며 미소를 지었다.

며칠 뒤 나는 다시 아르바이트 면접을 봤다. 2교대 근무를 하는 인터넷 쇼핑몰이었다. 면접은 5분 만에 끝났다. 사장은 오후에 합격자에게 문자를 주겠다고 했다. 면접이 끝난 후 유미가 있는 도로나 이별에 들르기로 했다. 유미가 얼마나 일을 잘 꾸려갈지 궁금하기도 했다.

도로나 이별 사무실 앞에 서자 유미의 목소리가 복도까지 새어나왔다.

"아, 그러니까 유행에 뒤처진 옷 골라 입고 나가라고 했잖아요. 왜 내 말 안 들어요. 그리고 2대 8 가르마 했어요? 안 했어요? 아, 진짜……. 양치질하지 말고 나가라고 했는데 그새 못 참고 칫솔질했단 말이죠. 대책 안 서네. 그렇게 깔끔해서 어디 이별하겠어요? 여자가 싫어하는 언어지침서 외웠나요? 진짜 말 안 듣는 의뢰인이네. 지금 당장 사무실로 나와주세요. 이별 대응 전략회의 시작합시다."

사무실 밖으로 새어나오는 유미와 이별 의뢰인과의 대화에 나도 모르게 웃음이 터져나왔다. 오늘도 이별하려는 사람들과 씨름하며 유쾌하게 헤어지는 방식을 고민하는 유미를 보며 소설의 소재가 불현듯 떠올랐다. '도로나 이별 사무실'. ■

작가의 말

이 원고를 처음 쓴 지는 꽤 오래됐다. 세월이 지나는 동안 내용도 많이 바뀌며 작중 인물들도 시간에 맞춰 성장했다. 사람에게 필연적으로 오는 이별의 문제를 상품화하는 세상이 올 거라는 상상이 먼저였으나 시간이 흐른 뒤 이미 그런 세상은 와 있었다. 세상에 없는 직업도 때로는 필요에 따라 창조되기도 한다. 먼저 원고가 이렇게 책으로 나오게 되어 너무 기분이 좋았다. 그리고 후련했다.

요즘 소설 쪽에서는 성인소설 작가가 청소년 소설이나 동화도 쓰고 동화작가가 소설을 쓰기도 하는 등, 경계를 넘나드는 작가들이 많아졌다. 장르의 경계도 희미해지고 있어 나로서는 아주 반가운 일 중 하나다. 내 주인공들은 다양한 세대를 다 아우르고 있다. 새로운 캐릭터를 만나는 시간은 언제나 설렘과 기대로 충만하다.

이 책이 사람과의 관계에 힘들어하는 사람들에게 위로가 되는 책이 되었으면 한다. 세상에는 자연인 '나'가 누구인지 알지도 못하며 사는 사람들이 많다. 도로 '나'로 돌아가려는 시도는 나를 회복하려는 시도이며 정체성이기도 하다. 자신에 대해 알 시간도 없이 세상에 떠밀려 좌절을 느끼는 젊은 이들에게 가슴이 시키는 짓을 하면서 가도 늦지 않아!라고 말해주고 싶다.

마지막으로 부족한 원고를 꼼꼼히 보아주신 은행나무 편집부에 감사드린다. 내게 문학적으로 한 단계 성장할 수 있는 길을 열어주어 정말 든든한 아군을 만난 느낌이었다. 그리고 나와 오랫동안 묵묵히 소설이란 길을 가는 권, 성, 최, 전, 김, 이 그리고 사랑하는 가족들에게 고맙다는 말을 전하고 싶다.

2020년 늦가을
손현주

도로나 이별 사무실

1판 1쇄 발행 2020년 11월 19일
1판 2쇄 발행 2024년 1월 17일

지은이·손현주
펴낸이·주연선

총괄이사·이진희
책임편집·박연빈
편집·백다흠 김서해
표지 및 본문 디자인·손주영
마케팅·장병수 김진겸 이선행 강원모
관리·김두만 유효정 박초희

(주)은행나무
04035 서울특별시 마포구 양화로11길 54
전화·02)3143-0651~3 | 팩스·02)3143-0654
신고번호·제 1997—000168호(1997. 12. 12)
www.ehbook.co.kr
ehbook@ehbook.co.kr

ISBN 979-11-91071-21-4 03810